断章のグリムVII

金の卵をうむめんどり

甲田学人
イラスト◎三日月かける

衣川遊美
Yuumi Kinugawa
深夜十二時まで、あと一分。
微かに、薄い鉄製の剃刀を持った指先が震える。
ちっ、ちっ、ちっ、
あと二秒。そして……一秒。
遊美はそこで大きく息を吸い込んで、
照らされた洗面器の水面を覗き込む――。

白野蒼衣
Aoi Shirano
時槻雪乃
Yukino Tokitsuki

美幸と比奈実は、何もかもが違っていた。
二人は幼馴染で親友同士だったが、
見た目も、興味も、価値観も、全く違っていた。
それは当たり前のことで、
羨むことも、蔑むこともない。
――まるで、アリとキリギリス。

実母の死。
父親の再婚。
継母との確執。
そして継母による、先妻の形見の指輪を
盗むほどの嫌がらせと、露骨なまでの悪意。
翔花は時槻雪乃の前でだけ、
胸の内を吐き出すことができた。
だが、翔花は失念していた――。
古我翔花
Syouka Koga

時槻風乃
Kazeno Tokitsuki

デザイン◎荻窪裕司

断章のグリムⅦ

金の卵をうむめんどり

甲田学人

イラスト◎三日月かける

クリック?

クラック!

僕たち人間とこの世界は、〈神の悪夢〉によって常に脅《おびや》かされている。

神は実在する。全《すべ》ての人間の意識の遙《はる》か奥、集合無意識の海の深みに、神は確かに存在している。

この概念上《がいねんじょう》『神』と呼ばれるものに最も近い絶対存在は、僕ら人間の意識の遙か奥底で有史以来ずっと眠《ねむ》り続けている。眠っているから僕たち人間には全くの無関心で、それゆえ無慈悲で公平だ。

ある時、神は悪夢を見た。

神は全知なので、この世に存在するありとあらゆる恐怖を一度に夢に見てしまった。

そして神は全能なので、眠りの邪魔《じゃま》になる、この人間の小さな意識では見ることすらできないほどの巨大な悪夢を、切り離して捨ててしまった。捨てられた悪夢は集合無意識の海の底から泡《あわ》となって、いくつもの小さな泡に分かれながら、上へ上へと浮かび上がっていった。

上へ——僕たちの、意識へ向かって。

僕らの意識へと浮かび上がった〈悪夢の泡〉は、その『全知』と称される普遍《ふへん》性ゆえに僕らの意識に溶《と》け出して、個人の抱《かか》える固有の恐怖と混じりあう。

そしてその〈悪夢の泡《あわ》〉が僕らの意識よりも大きかった時、悪夢は器をあふれて現実へと漏《も》れ出すのだ。

かくして神の悪夢と混じりあった僕らの悪夢は、現実のモノとなる。


神の悪夢の泡による異常現象、それを曰《いわ》く〈泡禍《バブル・ペリル》〉と呼ぶ。

全《すべ》ての怪奇現象は神の悪夢の欠片《かけら》であり、この恐怖に満ちた現象はたやすく人の命と正気を喰らうが、ごくまれに存在する〈泡禍《ほうか》〉より生還《せいかん》した人間には、巨大なトラウマと共に〈悪夢の泡〉の欠片が心の底に残ることがある。

彼ら自身によって〈断章《フラグメント》〉と呼ばれるその悪夢の断片は、心の中から紐解《ひもと》く事で自らの経験した悪夢的現象の片鱗《へんりん》を現実世界に喚《よ》び出すことができる。世界にはそんな〈悪夢の泡〉からの生還者が多数存在し、そしてその中でも恐るべきトラウマと共に悪夢の欠片を精神に宿してしまった者たちが集まって、生きるために助け合い、新たな被害者を救おうと活動している。

英国で発祥《はっしょう》した、〈ロッジ〉と呼ばれる小さな活動拠点《きょてん》を各地に散らす、〈悪夢〉の被害者同士の互助会《ごじょかい》結社。

彼らは世界の裏で被害者同士助け合いながら、同時にこの世界に浮かび上がる悪夢の中から人々を助け出し、そして神の悪夢の存在と、神の悪夢の〈断章《だんしょう》〉を持つ自分たちの存在を人々の目から隠《かく》し続けている。
名を〈断章騎士団《オーダー・オブ・ザ・フラグメンツ》〉という。

かくして――

序章　イソップどうわ

陽射《ひざ》しが、日に日に強くなっていた。

気がつけば空からの陽光は肌《はだ》を炙《あぶ》るほどに強く、地面に落ちる影も短くなって、街を行く生徒たちの制服の袖《そで》も、一様に短くなっていた。

景色は時に光によって霞《かす》んで、街の空気にも何となく太陽熱の匂《にお》いを感じるほど。

植物はいつの間にか生き生きとした緑に姿を変え、公園や庭のある家のそばを歩くと、青い草木の匂《にお》いが漂《ただよ》ってきて、季節がこんなにも深く変わっていたのだと、不意に実感として気付かされる。

高校一年の、七月下旬。

白野《しらの》蒼衣《あおい》の日々は、ここしばらく平穏《へいおん》だった。

六月半ばの大きな〈泡禍《ほうか》〉の後、散発的な小さい事件にいくつか当たってからは、もう一ヶ月ばかり事件らしい事件が起こっていない。蒼衣の参加している〈騎士団《オーダー》〉という結社の活動は怠惰《たいだ》が即座に人命の危機に繋《つな》がりかねないものだが、何もないことにまで危機感を持つ必要はなかった。むしろ歓迎すべきことだ。

「しばらく大変だったしなあ……」

蒼衣は放課後のすっかり日が伸びて明るい夕方の街を歩きながら、自分の身に染み渡る平穏を感じて、ふと空を仰《あお》いでそう呟《つぶや》いた。

約二ヶ月間、激動だった。三ヶ月ほど前に、蒼衣は今まで何の疑問もなく信じていた日常の裏にある異常な世界を知る羽目《はめ》になり、それからしばらくの間、〈泡禍〉と〈騎士団〉との奇怪で悲惨《ひさん》な戦いに立て続けに巻き込まれ続けたのだ。

それが急にぱったりと途切《とぎ》れてから、しばらく。

何も起こっていない。蒼衣たちの世話役である神狩屋《かがりや》は、「ちょっとこれまでは異常だったね」と苦笑い気味に言ったこともある。

蒼衣にとっての幸福はどこまでも『普通』の中にあるので、今の状態は心地よかった。

自分の身を包んでいるのは、学校の制服である校章の刺繡《ししゅう》入の半袖シャツと、モスグリーンのズボン。実に普通だ。

提げているバッグの中には、普通の高校生生活の証《あかし》と言ってもいい教科書類の重み。

そして下校したばかりの自分が歩いているのは学校最寄り駅の駅前通りを外れたところにある、少し古い家が集まっている、落ち着いた雰囲気《ふんいき》の普通の住宅地。

向かっている『神狩屋』は異常な世界への入口と言ってもよかったが、それでも〈騎士団〉

の皆と話をするのは普通な楽しみだった。

日課として行っている〈泡禍《ほうか》〉の出現を探るパトロールも、事件さえ起こらなければデートのようなものだ。実態や相方《あいかた》の認識はともかく。

蒼衣《あおい》は遅い帰宅について家族に「サークル活動」だと説明していたが、それは実際、蒼衣自身はあまり嘘《うそ》だとは認識していなかった。所属仲間と毎日集まって話をして、外に出て活動するのは、サークル活動そのものと言えた。

この期《ご》に及んで、ほんの一部を除いて、蒼衣の普通な日常は壊《こわ》れていないのだ。

蒼衣は思う。たぶん学校にいる普通の友達や、近所にいる普通の人たち、その辺りを歩いている普通の人たちにも、皆には隠《かく》しているほんの少しの非日常を持っていたりする人がいるはずだ。

皆には秘密の趣味であったり、事情であったり、あるいは過去にやってしまった小さな犯罪であったり。

蒼衣もそれと同じだ。

蒼衣はまだ、『普通』なのだ。

「……ずっとこのまま何もなければいいんだけどなあ」

オレンジ色がかった夕日の光が強く射す道で、蒼衣は目的地の『神狩屋《かがりや》』の前に立って、そうぽつりと口にした。

古い写真館の建物を改装した古物屋《こぶつや》には、『神狩屋――古物・骨董《こっとう》・西洋アンティーク』と、厳《いかめ》しい字で書かれた看板《かんばん》がいつものようにかかっている。

そして中にいるはずの少女が、もしも蒼衣がいま言った呟《つぶや》きを聞いたらどんな顔をするだろうかと考えて、ふと小さく笑みを浮かべた。まず間違いなく嫌《いや》な顔をするだろうが、人の不幸を望むわけにもいかないので、きっと渋《しぶ》い顔のまま黙り込むだろう。それを想像すると可笑《おか》しかった。


「こんにちは……」


蒼衣は、店に足を踏み入れる。

古道具特有の埃《ほこり》っぽい匂《にお》いがする棚《たな》がいきなり立ち並ぶ、薄暗《うすぐら》い店内。

その棚の間を奥へと進むと年代物のレジスターが置かれたカウンターと、その周辺に空間が空けられて、アンティーク調の丸テーブルが据《す》えられている。

そこにはすでに、紅茶の匂いが漂《ただよ》い始めていた。

そして丸テーブルに着いている若白髪混《わかしらがま》じりの髪《かみ》をした男性と、ポットから紅茶を入れていた小中学生くらいの年頃の少女が、入って来た蒼衣を見て、それぞれの笑顔を浮かべた。

「やあ、白野君《しらのくん》」

「あ、白野《しらの》さん。待ってましたよー」

この『神狩屋《かがりや》』の主人である神狩屋こと鹿狩雅孝《かがりまさたか》と、それを手伝っている田上颯姫《たのうえさつき》。

神狩屋はベストもシャツもよれよれで、いつ見ても寝起きに見える。元気なキュロットスカート姿でくるくる働く颯姫と対比すると、それがさらに、無闇《むやみ》に際立つ。

そして、

「…………」

同じく席についているセーラー服姿の時槻雪乃《ときつきゆきの》は、その硝子《ガラス》の人形のように硬質な美貌《びぼう》を軽く蒼衣《あおい》に向け、不機嫌《ふきげん》顔で一瞥《いちべつ》しただけだった。

それもまた颯姫との対比が強い。黒いレースの豪奢《ごうしゃ》なリボンと、ポニーテール気味に束ねられた黒髪《くろかみ》が、ひとつ小さく、しかし流れるように美しく、不機嫌に揺れた。

雪乃の通う一高のセーラー服も夏は半袖《はんそで》のはずだが、雪乃は長袖の合服《あいふく》のまま。

理由は明白だ。前髪をかき上げる雪乃の左手の袖口から、長袖に辛《かろ》うじて隠《かく》れている、手首に撒《ま》かれた白い包帯《ほうたい》が覗《のぞ》いていた。

蒼衣は皆への挨拶《あいさつ》に、いつものように一言付け加える。

「雪乃《ゆきの》さんも」

「うるさいわね」

とりあえず声が返って来たので、蒼衣は満足して隣《となり》の椅子《いす》に座る。

椅子の足元の床《ゆか》にバッグを降ろして、軽くなった肩《かた》に、一息。途端《とたん》に目の前にカップが置かれて、颯姫がティーポットを傾けて、湯気《ゆげ》の立つ紅茶を注ぎ入れた。

蒼衣の前に、紅茶の香りが立ち昇る。

「今日はですねー、おいしい紅茶をもらったので、おいしいですよ」

颯姫は言う。言いたいことは分かるが、少し言い回しがおかしい。

だが満面の笑顔で言っているのを見ると、可愛《かわい》らしいばかりで指摘する気も起こらない。蒼衣は代わりに小さく笑うと、「ありがとう」と笑って見せ、カップを持ち上げて、熱い紅茶を香りと共にひとくち口にすすりこんだ。

おいしい、と思う。

だが残念ながら、蒼衣には紅茶の良し悪しはよくわからない。

「誰からもらったの？」

なので感想は言わず、蒼衣は別のことを訊《たず》ねた。

訊ねられた颯姫は「はい！」と笑顔で答えようとして、笑顔のまましばらく沈黙して、大きくカラフルなヘアピンが幾本か挿《さ》し込まれた髪に手をやって考えて、それから困った笑顔で神狩屋を振り返った。

「……誰でしたっけ？」

「四野田《しのだ》さん。インド産の直売だそうだよ」

紅茶を啜《すす》って、神狩屋《かがりや》は答える。

颯姫《さつき》が蒼衣《あおい》に向き直った。

「……です」

「ありがとう」

くす、と蒼衣は笑う。

四野田笑美《しのだえみ》。六月半ばに蒼衣が関わった〈アプルトン・ロッジ〉の世話役。

そして喫茶店《きっさてん》『アプルトン』の女主人。なるほど、と蒼衣は紅茶の出所に納得しつつ、同時にあの時の事件も思い出して、ふと表情を曇らせた。

……後味の悪い、事件。

少女たちが死に、〈ロッジ〉の〈騎士《きし》〉までもが犠牲《ぎせい》になって、あまりに手遅れだったため蒼衣は手が出せず、山間のベッドタウンの一角を焼いて終結させた〈泡禍《ほうか》〉。

結局その後に姿をくらました〈保持者《ホルダー》〉の少年、馳尾勇路《はせおゆうじ》はまだ見つかっていない。

保護者の祖母《そぼ》から捜索《そうさく》願いが出ていて、もう蒼衣たちには探しようもないが、そもそも勇路に同情的だった蒼衣としては、何とか生きていて欲しいと思うと同時に、警官に見つかったりした時などに、無茶をしないことを願うばかりだった。

蒼衣は人の弱さや追い詰められた人間の行動には、理解を示す方だ。

それに勇路のような人間も嫌《きら》いではない。勇路は雪乃《ゆきの》に重傷を負わせたが、勇路への怒りはあまりなく、その件についてはどちらかと言えば、雪乃の無茶を止められなかった蒼衣自身の方に責任を感じていた。

あとそれからもう一つ、蒼衣が勇路へ同情的な理由がある。

勇路は同じ〈ロッジ〉の織作健太郎《おりさくけんたろう》を殴《なぐ》って出奔《しゅっぽん》したが、どうやらその理由が、血みどろの現場で健太郎と勇路が二人きりで残された時に、健太郎がこの事件の被害について——笑美さんを困らせるためにわざと〈潜有者《せんゆうしゃ》〉を匿《かくま》って犠牲者を増やし、田上瑞姫《たのうえみずき》を見殺しにしたんだろうと——詰《なじ》ったらしいのだ。勇路を。

「……」

紅茶が、苦くなった。

幸いなことにあれ以来、あまり大きな事件はなく、さらにはしばらくの間、何もない日々が続いている。

蒼衣は、猫舌《ねこじた》で飲めないので紅茶の表面を見つめている雪乃の横顔を見た。

そしてここ最近にあった、雪乃と二人で解決した、本来ほとんどがそういうものらしい普通の〈泡禍〉の一つを、ぼんやりと、思い出した。

第一話　よくばりな犬

1

——深夜十二時にカミソリを口にくわえて水を張った洗面器を覗《のぞ》き込むと、そこに将来の結婚相手の顔が映る。しかし、もしその時にカミソリを水の中に落としてしまったら、水は真《ま》っ赤《か》に染まり、相手の顔に一生消えない大きな傷がついてしまう——

昨日《きのう》中学校で、友達と読んだ雑誌に書いてあった占《うらな》い。

つまらない占い。しかし衣川遊美《きぬがわゆうみ》は、それなりに真剣だった。

夜中、台所の流し台にこっそりと降りて、洗い桶《おけ》代わりの洗面器に水を張った。そして母親の化粧《けしょう》ケースの中からくすねてきた小さな柄《え》つきの剃刀《かみそり》を、いつでも口にくわえられるように、両端《りょうはし》を持って胸の前まで持ち上げた。

十二時まで、あと三分。

台所は真っ暗で、ただ遊美が立っている流し台を照らす、棚下灯《たなしたとう》だけがぼんやりと白く輝いていた。

夏休みを目前に控えた時期の、窓を閉め切った夜の台所。

そこには台所の臭《にお》いの混じった、特有のねっとりとした空気が汗ばむほどに満ちていた。

ちっ、ちっ、ちっ、

息苦しささえ感じる台所の暗闇《くらやみ》に、壁掛け時計が時を刻む音が、無機質に規則正しく響いている。

「……」

あと二分。壁掛け時計の、蛍光塗料《けいこうとりょう》で緑に光る文字盤《ばん》を遊美は見つめる。

一歩先の流し台に置いた、水を張った洗面器を見る。最初は波打っていた水はもう静かになり、棚下灯の光を直接受けて、煌々《こうこう》と輝いている。

「……」

あと一分。緊張が高まる。

パジャマに包まれた体に汗が浮き、緊張に絞《しぼ》り上げられた呼吸によって、パジャマの胸が上下する。
微《かす》かに、薄《うす》い鉄製の剃刀《かみそり》を持った指先が震える。
その震える手を口元にやって、口を切らないように、そっと剃刀を唇《くちびる》で、くわえた。

ちっ、ちっ、ちっ、

あと十秒。

ちっ、ちっ、ちっ、

あと五秒。

ちっ、ちっ、ちっ、

あと二秒。そして……一秒。遊美《ゆうみ》はそこで大きく息を吸い込んで、頭の中で「零《ゼロ》」を数えた
瞬間《しゅんかん》、意を決して流し台へと踏み出して、照らされた洗面器の水面を覗《のぞ》き込んだ。
「…………………!」

暗闇《くらやみ》に囲まれた棚下灯《たなしたとう》の光の中、ひどく大きく聞こえる時計の音と自分の鼓動《こどう》。

そんな中で見下ろす洗面器の水面には、ぼんやりと剃刀をくわえた、やや長めの髪《かみ》を肩《かた》から垂らした遊美の素朴《そぼく》な顔が映っていた。

それでも遊美はしばらくそれを見つめていたが、何も変化がないまま時間を過ごすと、徐々《じょじょ》に緊張は抜けて拍子抜《ひょうしぬ》けに置き換わっていった。そして真面目《まじめ》な顔でこんなことをしていた自分が何だか情けなくなって、肩を落として、大きな溜息《ためいき》をついた。

途端《とたん》、緊張に乾いた唇《くちびる》から、剃刀が落ちた。

「あっ……」

何をする暇《ひま》もなく剃刀は、自分の顔が映っている洗面器の中に吸い込まれた。

水面とそこに映っている顔が、ぽちゃん、という小さな水の音と共に乱れた。かつん、と剃刀が洗面器の底に落ちる音がして、遊美は慌《あわ》てて、ほとんど反射的に、洗面器の水の中に手を入れて沈んでいる剃刀の柄《え》を摑《つか》んで拾い上げようとした。

拾い上げた瞬間《しゅんかん》、握った剃刀の刃《は》の先が柔らかいモノに触《ふ》れた。

「!!」

剃刀の刃が柔《やわ》らかい物を切り裂《さ》いたおぞましい感触《かんしょく》。それを手に感じて怖気《おぞけ》と共に鳥肌《とりはだ》が立った直後、洗面器に満たされた水にあっという間に赤い色が広がった。

「ひっ……！」

息を呑《の》んで剃刀《かみそり》を取り落とし、自分の掌《てのひら》を見た。

掌はただ透明な水に濡《ぬ》れていた。そして再び目を向けた洗面器の水も剃刀を底に沈めた元の透明な色で――手にはつい先程の、生魚を切り開いたのによく似た感触《かんしょく》がいまだ生々しく残っていた。

………………

†

思わず、物思いにふけっていた。


「ゆーみ？」

「えっ……ご、ごめん、何？」

突然友人から声をかけられて、プールサイドの遊美《ゆうみ》は、はっと現実に立ち返った。

今は学校のプールでの、体育の授業中。授業としての水泳は前半に終え、自由時間として解放された、後半の時間だった。

自由時間になってから、遊美は他《ほか》の皆のように泳がずに、プールサイドに座って足を水に浸していた。物思いにふけっていた。そこに突然かけられた親友の梨花《りか》の声に、慌《あわ》てて足元に落としていた視線を上げたのだ。

「ど、どうしたの？」

「いや、何でもないけど……あんたぼーっとしてたから」

遊美の返事に、プールの中に立って遊美を見上げていた加古下《かこした》梨花は、眼鏡《めがね》がないせいか険しく細めた目をして言った。梨花は名前こそ可憐《かれん》だが、その実は黒縁《くろぶち》眼鏡をかけて髪《かみ》を伸ばした、もっさりとした印象の、いかにも文学少女然とした容姿の女の子だった。

「どしたの？　ゆーみ。体調でも悪い？」

「う……ううん？　そんなことないけど……」

水の中を歩いて近づいてくる梨花に、遊美は歯切れの悪い答えを返す。

梨花はそのままプールサイドに手をかけて、ざば、と水飛沫《しぶき》を立ててプールから上がり、遊美の隣《となり》に座った。

すっかり夏の太陽に温められた遊美の体に、冷たい飛沫がかかった。塩素混じりのプールの水の匂《にお》いが立ち上り、照りつける光に質量を感じるほどの夏の日の光が、黒い水着と空気に晒《さら》された肌《はだ》に、燦々《さんさん》と降り注いでいた。

プールは、クラスメイトたちの歓声と、力強い水音に満ちていた。

そんな中で遊美《ゆうみ》は一人、浮かない顔をして、足元の水面を見つめていた。

体調を心配されるのも無理はない。しかし遊美の表情が冴《さ》えないのは体調のせいではなく、昨晩《さくばん》の出来事を、ずっと思い返していたせいだった。それは昨日《きのう》の夜中の、あの『占《うらな》い』のことだった。

「……ねえ……梨花《りか》。昨日読んだ本の、占いのやつ憶《おぼ》えてる？」

「は？」

遊美がぽつりと言った言葉に、隣《となり》に座った梨花は虚《きょ》を突かれたような表情をして、遊美へと顔を向けた。

「あの……洗面器に水を張って……ってやつ」

「そりゃもちろん憶えてるけど。私を誰だと思ってんの。ホラー大好き梨花さんは怪談にもそこそこ造詣《ぞうけい》がありますよ」

梨花は答えた。ホラー映画鑑賞が趣味の梨花は、友達の間でホラー博士をあだ名されることもあるほどのホラー大好き人間なのだった。

「か……怪談？」

「そうよ。有名なやつよー」

「占いじゃなくて？」

「あの本はおまじないのコーナーだからそう書いてあっただけだと思う。私はだいぶ前に怪談として知ってたよ。『どっかの高校生があの占いをして、見知らぬ男の人が映った水に剃刀《かみそり》を落としてしまいました。そしてそんなことはすっかり忘れて数年後、できた優しい恋人はいつもマスクをしていて……』って話」

梨花は一本指を立ててそう説明すると、急に口元に嫌《いや》な笑みを浮かべた。

「……でね、オチは……」

「す、ストップ！　わかった！　何となくわかった！」

遊美は慌《あわ》てて押し留《とど》めるように手をかざし、梨花の言葉の続きを遮《さえぎ》った。

梨花が遊美を脅《おど》かそうとしているのは明らかだった。案の定《じょう》、先を遮られた梨花は意地悪な笑顔を浮かべて残念がる。

「ちぇー」

「もー、梨花は油断するとすぐ脅かそうとするんだから……」

溜息《ためいき》をつく遊美。

梨花は目を細めて「にしし」とチェシャ猫《ねこ》のように笑うと、軽く腕組《うでぐ》みをしてから、遊美に訊《たず》ねた。

「……で、その占いが、どうしたわけ？」

「う……うん。あれって水に映った将来の結婚相手の顔に剃刀が落ちて、傷がついちゃうんだよね？」

改めて問われて、遊美《ゆうみ》はおずおずと相談を口に出した。

「でも、もし映ったのが自分の顔で…………その時に剃刀《かみそり》を落としちゃったら、どうなると思う？」

その唐突《とうとつ》な内容に、梨花《りか》は当然ながら、ぽかんとした表情になった。

「なにそれ？　なぞなぞ……じゃないよね」

「ち、違うって」

「ホラーは嫌《きら》いなあんたが、何でまた急にそんな話を？」

「昨日夢《きのう》に見ちゃって。鏡の中から手が出てきて、剃刀《かみそり》を持ってて、顔を切られて……」

「ふうん」

それを聞いた梨花は興味深そうに、考え深げに、口元へと手をやった。

この話は、遊美の取ってつけた言い訳ではなかった。本当にそんな夢を見て、遊美は朝方《あさがた》に汗びっしょりで目を覚ましたのだ。

この夢さえなければ、遊美はこれほどまでに昨日の占《うらな》いのことを、気にしたりはしなかったのだ。

昨日のあの出来事は、錯覚《さっかく》だったと思い込めたかも知れないのだ。

だが見てしまった夢は、錯覚として忘れることができたはずの出来事に、続きと結末を遊美に想像させてしまった。洗面器に自分の顔が映った後の、その続きを、遊美に思い至らせてしまったのだ。

遊美はその想像を、誰かに否定して欲しかった。

「……うーん……自分の顔が映ってそこに剃刀を落としたんなら、やっぱ自分の顔に傷がつくんじゃない？」

だが梨花はしばしの沈思の後、遊美の想像した結末そのままを、あっさりと口にした。

「…………やっぱり……そうだよね……」

「え？　なに？　ゆーみ、もしかしてその占い、やりでもしたの？」

無駄《むだ》とは理解していたが想像を肯定《こうてい》されて、遊美は重い気分になった。そんな遊美の雰囲気《ふんいき》に気づいた梨花が、驚いたように遊美にそう訊《たず》ねた。

遊美は慌《あわ》てて胸の前で手を振って、否定した。

「え、そ、そんなわけないって……」

「そ、そう？　ごめん」

「ただ、見ちゃった夢がすごくリアルで怖かったから、ついそんなこと考えちゃって……」

「あーなるほどね。まあ、ゆーみがあんな占いするわけないしねぇ。あんた血とか刃物《はもの》とか、全然駄目《だめ》だもんね」

梨花は笑った。遊美も曖昧《あいまい》に笑う。とても本当のことは言えなかった。

「ま、ゆーみらしいけど、気にすることないんじゃない?」

あっけらかんと笑って、梨花《りか》は遊美《ゆうみ》の不安を笑い飛ばす。

「う、うん……」

「ホラー的には、エルム街の悪夢みたく正夢《まさゆめ》になる可能性もあるけど」

「! もう、梨花っ!」

「あはは、冗談《じょうだん》冗談」

梨花は遊美の肩《かた》をポンと叩《たた》くと、そのままプールの中に飛び込んで、皆がいる方へと泳いで行ってしまった。

「もーっ」

遊美はその姿をしばらく目で追っていたが、やがて溜息《ためいき》をついた。

思い切って……本当に思い切ってこのことを梨花に相談した。それをあっさりと流されて、がっかりしたようなほっとしたような、何とも言えない感情が遊美の胸の中に黒い煙《けむり》のようにわだかまっていた。

そう、もちろん、気にしすぎなのだ。多分。

自分でも分かっている。だが嫌《いや》な予感が、ずっと消えないのだ。

朝、家の洗面台の鏡から剃刀《かみそり》を持った手が出てきて、顔を切られた夢を見て、目を覚ました。

その時の、目を覚ましてからも夢の中で切られた部分にしばらく残っていた、刃物《はもの》が触《ふ》れたような突っ張った感覚は、消えた今も遊美の心に重く刻印のように残っていた。

「…………」

いや、それも、気にしすぎなのだ。

遊美はそう自分に言い聞かせながら、背を預けるようにプールサイドに手を突いて、空を仰《あお》いでもう一度溜息をついた。

夏空は抜けるように青く、雲はどこまでも白かった。そんな空を見上げる視界に熱い太陽から光が差して、その白い眩《まぶ》しさに、遊美は強く、目を細めた。

プールで遊ぶクラスメイトたちの、嬌声《きょうせい》じみた声。

自分の足元を浸《ひた》す、冷たい水の感触《かんしょく》と、波打つ水の音。

プールに降り注ぐ光と、それを照り返す波。それらを五感に感じながら、胸の奥に澱《よど》む空気を吐《は》き出すと、ようやく少しだけ、自分の考えていたことを馬鹿らしく思える精神状態になってきた。

「……ん」

遊美は体を支えるようにプールサイドに突いた手に力を入れて、足から滑《すべ》り落ちるようにして、プールの中に飛び込んだ。

皮膚《ひふ》を水の温度が撫《な》でて、体温と太陽光に暖められた温い水着に、冷たいプールの水が浸《し》み通ってきた。

それらを心地よく感じながら、遊美《ゆうみ》はもう何もかも忘れて、水による圧迫感と浮遊感に身を任せるように、背中の方へと向けてプールの底から足を離した。後頭部を水に浸《つ》けて空を見ながら、ただ流されるように、プールにたゆたった。

耳元でちゃぷちゃぷと水が音を立て、クラスメイトの立てる大きな水の音と喧騒《けんそう》が、奇妙《きみょう》に遠く感じられた。

視界には一面の青空と、降り注ぐ陽《ひ》の光。

そして視界の端《はし》をぐるりと囲む、地平線のような、きらめき揺らめくプールの水面。そんな光景の中でぼーっと意識が、水と共に、視界一杯の空の中でたゆたう。

遠い、周囲の音。

そんな長いような短いような時間がしばし過ぎた時、周りから聞こえる無数の音の中に、不意に、奇妙に印象的な水の音がひとつ耳に届いた。

ちゃぷっ、

それは耳元に触《さわ》る小さな水音ではなく、周りから遠く聞こえる激しい水音でもなかった。

その音は水から出している自分の顔の近くで鳴った、例えるなら大きな魚が池から顔を出した音によく似た、短くて小さな、しかし妙《みょう》に耳に残る、そんな音だった。

「…………………」

耳が無意識に、その音へと焦点《しょうてん》を合わせた。

周囲の音が遠く霞《かす》んだ。世界から、音が孤立した。

その停滞の中で、音がした方向へと、僅《わず》かに視野が動いた。そうして横目を向けた先にはプールの水面が、まるで鏡をちりばめたように、太陽の光を反射していた。

小さく波打つ、水面。

それを見ている視界に、不意に〝何か〟が、入った。

水面に浮かんでいるように見える〝それ〟は、クラスメイトたちの手から離れたビート板やボールではなかった。そしてこのプールに浮かんでいる可能性のあるもう一つのもの——クラスメイトたちそのものでも、やはり、なかった。

腕が一本、突き出していた。

プールから生えた人体の一部。そんな不条理な物体が目に入ったことに対する本能的な恐怖に、ぎょっ、と息を呑《の》んで、反射的にその〝手〟へと顔を向けた。

手は、剃刀を握っていた。

心臓が飛び上がるような驚愕《きょうがく》と共に目を向けた瞬間《しゅんかん》、視界の隅《すみ》にあったはずの〝手〟が、まさに触《ふ》れるほどの目の前にあった。

「ひ……!!」

ぬ、と水から突き出された白い手は悲鳴を上げる間もなく、飛びかかるように顔へと近づいて、視界を覆《おお》い尽くした。

「!」

反射的に目を閉じた。目を閉じた顔に、何かが当たった。

ぴしっ、と肌《はだ》が突っ張るような感覚が、反射的に俯《うつむ》いた右頬《ほお》に走った。

瞼《まぶた》の裏の暗闇《くらやみ》。プールの中に立つ、自分の体の感覚。喧騒《けんそう》と水の音が、急に周囲に戻ってくる。遊美《ゆうみ》はしばらくそのまま目を閉じて、プールの中に立って身を硬くしていたが……それ以上何かが起きる気配がないので、おそるおそる、閉じていた目を開いた。


――――〝手〟は、消えていた。

目の前には何もなく、ただ太陽光を照り返す、プールの水面があるだけだった。

それでも遊美はしばし、怯《おび》えの表情もあらわに水面を見つめていた。どっ、どっ、どっ、と動悸《どうき》は胸の中でつい数秒前の余韻《よいん》をありありと残し、頬《ほお》には引っかくように触れられた後の、引き攣《つ》るような冷たい感触《かんしょく》がくっきりと残っていた。

「…………………………」

自分の呼吸と心臓の音だけを聞きながら、プールの中に立ち尽くす、しばしの間。

秒針を刻むようなその時間を経て、もう何も起こらないことを確認してから、遊美はようやく緊張を解くと、胸の底から息を吐《は》き出した。

「……はあー………」

そして、その溜息《ためいき》と共に遊美が視線を落としたのと、梨花《りか》の声が聞こえたのが、ほとんど同時だった。

「ちょ、ちょっと遊美！　それどうしたの!?」

「え？」

悲鳴のような梨花の声と共に遊美が見たのは、自分の周りのプールの水に、靄《もや》のように広がり始めた、赤とも黒ともつかない色だった。

「え……？」

インクが広がるようなその色は、自分の顎《あご》の辺りから、滴《したた》り落ちていた。

それに気づいた時、遊美《ゆうみ》は自分の右頬《ほお》に残っていた、あの〝手〟に触《ふ》れられた引き攣《つ》るような感覚が、熱を持ったような鈍痛《どんつう》に変わったのを感じた。

現実感のないまま冷たい頬に手をやると、ぴりっとした切り傷特有の痛みと共に、べったりと液体の感触《かんしょく》が広がった。

そして目を落とした自分の、白くふやけた手のひら一面に、プールの水で希釈《きしゃく》された血がふやけた皺《しわ》に入り込むようにして広がっているのを見た瞬間《しゅんかん》、遊美の頭から一気に血の気が引いて、目の前が、すうっと暗くなった。


…………………………

…………

2

気づいた時、遊美は保健室のベッドの上だった。

「ん……あれ……？」

「や、目ぇ覚ましたね。お姫様《ひめさま》。良かった良かった」

目を覚ました遊美の視界に最初に入ったのは、白い衝立《ついたて》を背にベッド脇《わき》の椅子《いす》に座った、長い黒髪《くろかみ》に黒縁眼鏡《くろぶちめがね》をかけた梨花《りか》の、にっ、と歯を覗《のぞ》かせたチェシャ猫《ねこ》のような笑顔だった。

「あ……梨花……あれ？　私、プール……？」

遊美はぼんやりと混乱する記憶《きおく》をそのまま口に出して、そして右頬に突っ張ったような感覚と鈍痛《どんつう》があることに気がついた。かけられた毛布の中から手を出してそっと頬に触れると、大きなガーゼが頬を覆《おお》うように、テープで貼《は》り付けられていた。

「そ。あんたはプールで怪我《けが》をして、血を見てお姫様のように気を失いました」

梨花は何かを説明しようとする時の癖《くせ》で、一本人差し指を立てて、言った。

「今は放課後です。体育が五時間目じゃなければもっといっぱいサボれたかもしれないのに、残念だったね」

にしし、と梨花は悪戯《いたずら》っぽく笑った。遊美はベッドから体を起こし、微《かす》かに薬の匂《にお》いがする頬のガーゼに俯《うつむ》くように手を当てた。

「私……」

「あんた昔から、血が苦手だったからねぇ」

そう。遊美は血を見るのが昔から苦手だった。

きっかけは小学校に入る前くらいに台所で遊んでいて、流し台に背伸びをして手を伸ばし、そこに置いてあった包丁《ほうちょう》が落ちてきたという、ありがちな、しかし遊美にとっては思い出すだに恐ろしい事故だった。

そのとき包丁《ほうちょう》は遊美《ゆうみ》の顔めがけて落ちて来て、その光景は今でも鮮明に憶《おぼ》えている。

遊美は咄嗟《とっさ》に手で顔を庇《かば》い、包丁は手のひらに突き刺《さ》さるように当たって、台所の床《ゆか》が血の海になるほど出血して、それ以来遊美は血が駄目《だめ》なのだ。

刃物《はもの》も少し駄目で、血に至っては見た瞬間《しゅんかん》に頭から血の気が引く。

今回のプールでのことは、まさに典型的な〝それ〟だった。

プールで見た、血の色に汚《よご》れた自分の手は、まさにその時の光景の再現だ。

遊美は思わず自分の掌《てのひら》に目を落として、プールでの光景を少しだけ思い出し、そしてたったそれだけで、遊美は自分の頭から血の気が引いてゆくのを感じた。

「まあ顔の傷は皮一枚だったから、痕《あと》は残らないっぽいって話だから、安心して」

そんな遊美に、梨花は言った。

「濡《ぬ》れてたせいで出血が酷《ひど》かっただけだろうって。一応、先生から太鼓《たいこ》判《ばん》をもらいました。良かった良かった」

「う……うん……」

遊美は頷《うなず》く。丁度《ちょうど》その時、保健室の戸が音を立てて開かれた。

「失礼します――――ここに加古下《かこした》はいますか？」

思わず戸の方へ目を向けた遊美と梨花の耳に入ったのは、はっきりとした男子生徒の声。

そんな言葉と共に保健室を覗《のぞ》き込んだのは、整った顔立ちにスポーツマン的な雰囲気《ふんいき》を持った、少し背の低い男子生徒だった。

「わ……瀬川《せがわ》君」

遊美は慌《あわ》ててベッドの上で姿勢を正した。男子生徒は生徒会長の瀬川彰人《あきと》だった。

保健室を覗き込んだ彰人は、ベッドにいる遊美の存在に気づくと、少しだけばつの悪そうな表情になった。

「……わ、っと。ごめん。ノックしなかった。平気だった？」

「あ、うん……大丈夫……」

遊美は消え入りそうな声で答えた。彰人は女子生徒に人気がある。遊美も一年の頃に同じクラスになったことがあって、ご多分に漏《も》れずその頃から彰人に憧《あこが》れていた。

「で、何よ？　瀬川」

そんな皆の憧れの的に、ぞんざいな口調で答えたのは梨花だ。

梨花は生徒会の書記。しかし副会長よりも采配《さいはい》が上手《うま》く存在感があるので、話によると生徒会や教師の間では『書記長』とあだ名されているらしい、結構なやり手だった。

「ああ、加古下。こないだの行事表の件で、先生が話があるって」

「あっそ」

彰人《あきと》の言葉に、梨花《りか》は面倒臭《くさ》そうに答えて、椅子《いす》の上で大きく伸びをした。

「……あー、めんどくさいけどしょうがない。行きますか。ごめんねー、ゆーみ。本当は家まで送ってってあげたいけど、そういうわけにもいかんのだ。一人で平気？」

「う……うん。大丈夫。平気」

遊美《ゆうみ》はほとんど下を向いた状態で、そう答えた。

その脇《わき》で梨花は勢い良く椅子から立ち上がり、ぽん、と遊美の肩《かた》を叩《たた》いた。そして生徒会長の待っている入口へ、颯爽《さっそう》と歩いて行った。

「じゃあねー。ゆーみ」

梨花はひらひらと手を振って、にっ、と笑顔を遊美に向けた。

「……それじゃ。衣川《きぬがわ》さん」

そして彰人がそう挨拶《あいさつ》をして入口の戸を閉めると、二人の姿はもう、保健室から見えなくなってしまった。

「あ……」

手を振る暇《ひま》もなかった遊美の手が、名残《なごり》を惜しむように戸の方へと向けられて、そのまま少しの後、毛布の上に落ちた。

保健の先生が席を外していて誰もいない保健室で、遊美は毛布の上の自分の手を見つめながら、プールで見た亡霊《ぼうれい》のような〝手〟の姿を重い寒気と共に思い出していた。

「…………」

梨花がいなくなって一人残された。心の中。

急に孤独になった、心の中の空隙《くうげき》。

「！」

不意に、寒気がした。

隙間《すきま》の生まれた心の中に、それまでできるだけ考えないようにしていた白い〝手〟が、ゆっくりと、しかしはっきりと、重い影を伴って、その形をもたげ始めた。

†

……それから、十数分の後。

あれから逃げるように学校を出た遊美は、街の中で一人、帰宅の途《と》にあった。

夏の夕刻の、黄がかった光がいまだに強く照らす空。そんな夕刻の空の下で、遊美は少しでも早く学校から離れようとでもしているかのように、まばらに人が行き交う街を、真《ま》っ直《す》ぐに早足で歩いていた。

「…………」

何も考えないように、ただ前だけを見て、足を進める遊美《ゆうみ》。

意識が学校に引かれないように、考えないように、そしてその間にできるだけ学校から離れられるように、遊美は黙々と道を行く。

学校周りの住宅地を抜け、大通りを渡り、さらに住宅地を抜けて小さな川に出る。

住宅地の中を流れる、両側が石垣《いしがき》になった鯉《こい》の泳ぐ川。そこにかかる黒い欄干《らんかん》の小さな橋の上にさしかかると、遊美はようやく初めて足を止めて、がっくりと疲れたように、鞄《かばん》を提げた小さな肩《かた》を落とした。

「はあ……」

遊美は大きく溜息《ためいき》をつくと鞄を置いて、その黒く塗《ぬ》られた鉄製の欄干に肘《ひじ》を置いて寄りかかり、物憂《ものう》げに川面《かわも》を見つめた。

ここから家までは五分ほど。この橋は子供の頃から、遊美の好きな橋だった。

車はまれにしか通らない、車道と歩道も分かれていない小さな橋。欄干もやや装飾じみていて背が低く、橋から川に虫取り網《あみ》が届くほどの高さしかないこの橋は、幼い頃からの遊美の、お気に入りの遊び場だった。

今も悩みがあると、遊美はよくここから川を眺《なが》める。

家の次に安心できると言ってもいい、特別な場所。

川に冷やされた川風が、涼しく吹き抜ける。

そんな欄干に鞄を立てかけて、欄干の上に腕《うで》と頭を乗せると、遊美は追っ手を振り切ったかのように一息ついて、強《し》いて何も考えないようにしていた思考をようやく巡《めぐ》らせた。

「…………」

遊美は、学校から逃げて来たのだ。

理由は二つある。そのうちの一つは保健室で梨花《りか》がいなくなった後、自分の中に湧《わ》き上がった孤独感のせいで、次々と浮かび上がり始めた〝手〟に関わる嫌《いや》な想像に遊美が耐えられなくなったからだった。

そもそも遊美が〝手〟を見て倒れたのは、学校のプールなのだ。ならば学校のどこかに手が潜《ひそ》んでいるかも知れないという当然のように頭に浮かんだそんな連想と想像は、不意に一人になった孤独と、誰もいない保健室の静寂によって瞬《またた》く間に加速された。

衝立《ついたて》の陰から、ベッドの下から、窓から、今にもあの白い〝手〟が伸びて来そうで、遊美はすぐに一秒たりともその場にいられなくなった。

一人ではもう学校にいられなかった。それまで辛《かろ》うじて不安な想像を抑制してくれていた梨花は、しばらくは生徒会の仕事で手が離せないだろうことは、確実だったからだ。

梨花は、生徒会長の彰人《あきと》と、保健室を出て行ったのだから。

そして――――それこそが遊美が学校から逃げ出した、もう一つの理由だった。

何故《なぜ》なら遊美は、彰人のことが好きだったからだ。一年生の時、遊美は彰人と同じクラスになってからというもの、その頃は生徒会長ではなかった彰人《あきと》に、ずっと密《ひそ》かに憧《あこが》れを抱《いだ》いていたからだった。

気安い間柄《あいだがら》を彷彿《ほうふつ》とさせる、二人の会話が羨《うらや》ましくて、辛《つら》かった。

二人は付き合っているのではないかとも噂《うわさ》されていて、その噂を前提に二人を見るのが、苦しかった。

保健室から並んで消えた、二人の背中が嫌《いや》だった。

だから遊美《ゆうみ》はそんな二人がいるのと同じ場所にいることに耐えられなくなって、学校から逃げ出したのだ。


遊美はあんな占いに踏み切るほどに、彰人が好きだったのだから。


そうなのだ。それがあの占《うらな》いに手を出した、全《すべ》ての理由だった。

怖《こわ》がりで、刃物《はもの》が苦手で、血も苦手な遊美があんな占いを実行したのは、今の気持ちと状況に僅《わず》かでも希望を見出したかったからだ。彰人が自分を振り向いてくれるという可能性にほんの微《かす》かでも兆《きざ》しが欲しくて、血と刃物という遊美にとっては苦手な要素に効果を期待して、あの占いを実行に移したのだ。

胸に苦しいほど詰め込まれた想いが、ひどく重かった。

本当に好きな親友と、本当に好きな男の子。そして秘密の想いと、秘密の占い。

梨花《りか》を本当に親友と思っている心と、それを気持ちの上では裏切っている心。そしてその結果、プールで遭遇《そうぐう》してしまった〝手〟。

無関係とは、思えなかった。

これはきっと罰《ばつ》だ。そう思った。鉄の欄干《らんかん》の上に乗せた腕《うで》が、かたかたと小さく震えた。

それでも、どうしても諦《あきら》めきれなかった。彰人は保健室で遊美の名前を呼んだ。覚えていてくれていたのだ。

いっそ、忘れられていたら良かったのに。

激しい苦悩と未練が、感情となって胸の中を焼く。

涙《なみだ》が、出そうだった。眼下に満々と流れる川の水をただ無為に見つめたまま、遊美はそれまで押し込んで閉じ込めていた感情が、蓋《ふた》をこじ開けるように溢《あふ》れてくる感覚に身を任せていた。

「…………」

ただ、黒々と川底を晒《さら》す、川の流れを見つめながら。

この胸の中を食い荒らす暗く激しい感情が、少しでも川の流れに流されてゆくのを、願っているかのように見つめながら。

分厚い硝子《ガラス》のように、透明な水を湛《たた》える眼下の川を、見つめる。

ゆったりとした涼しげな流れ。穏《おだ》やかな波も立たない悠然《ゆうぜん》とした川面《かわも》に、夕刻の陽光が、欄干の鏡像を作りながら差し込んでいる。

そして……その欄干《らんかん》に寄りかかっている、遊美《ゆうみ》の姿も。

橋から水面までの距離が近い、この小さな橋のかかる小さな川の表面に、その表情さえも見て取れる遊美自身の姿が、暗い川底を背にして映っていた。

ひどく思い詰めた表情をした、自分が。

これまでの梨花《りか》に対して取り繕《つくろ》っていた自分ではなく、見たこともないほど強張《こわば》った、蒼白《そうはく》な顔色の自分が。

ぽつん、

とその時、不意にその水面に映った鏡像の真ん中に川面《かわも》を乱す白い『点』が現れた。

ただひたすら自分の内に沈み込んでいた遊美は最初それを気に留《と》めることはなかったが、やがてその『点』の姿をはっきりと認めた瞬間《しゅんかん》に、遊美は自分の周りの空気が変質していることに初めて気がついた。

ちゃぽっ、

小さな水の音が、切れるような静寂の中で、やけに大きく響いた。

周囲の音が消え失《う》せていた。それまで橋の上の空気に満ちていたはずの雑踏《ざっとう》と川の音が、まるでフィルターで濾《こ》し取られたかのように、透明な静寂に置き換わっていた。

気づいた時には、異様な静寂が、満ちていた。


「…………………………！」


異様な空気が広がっていた。まるで世界の中にたった一人放り出されたような、凍《こお》った空気が、ぴん、と冷たく橋の上に広がっていた。

気が付けば、その空気の中で、呼吸も忘れて凍りついたように立ち尽くしていた。その目を水面に落としたまま。瞬《まばた》きもできずに、水面のそれを、見つめたまま。

欄干に両腕《うで》を乗せて、身を乗り出し、凍りついたような表情で見つめたまま。

そこには、眼下に映っている欄干に寄りかかる自分の鏡像が、映っていた。

両腕を欄干に乗せているはずの鏡像は、こちらへと手を伸ばしていた。そしてその白い指先が『点』となって、ぽつん、と水面から突き出していたのだ。

「…………」

自分の鏡像が差し出す、その水面から突き出した指。

差し出す鏡像の自分の表情は、水底の黒い闇《やみ》が透《す》けて影になって、顎《あご》から上が消失したように、窺《うかが》うことができなかった。

目を見開き、身じろぎもできずに、呼吸すらも忘れて、それを見つめた。

見つめる目の前で、水面から小さく覗《のぞ》いた指先によって水面がかき乱され始め、みるみるうちにその小さな『点』から波と波紋《はもん》が広がって、水面に映った像を歪《ゆが》めて眼下一面に広がる川《かわ》面《も》の光景を眩暈《めまい》がしそうなほどの混沌《こんとん》とした模様に変えていった。

ぬう、

その混沌の中から、白い指先が這《は》い出した。

息もできず、声も出せない目の前で、視界一杯に広がった歪み続ける水面から、それだけが不気味なほどにはっきりとした白い〝手〟がみるみるうちにその姿を現した。

ひた、と濡《ぬ》れた白い手は、力なく開いた指を緩慢《かんまん》な動作で橋へ――――こちらへと、伸ばしてきた。

水面から現れて、ゆっくりと水面から手首が露出し、生白い肉の色をした腕《うで》が引きずり出されるように、そして腕はそのまま骨も関節もない肉のロープのようにあり得ない長さへ引き伸ばされて、瞬《またた》く間に顔を摑《つか》もうとするように欄干《らんかん》まで長くおぞましく伸ばされてきた。

「ひ…………………!!」

息が止まって喉《のど》が塞《ふさ》がり、悲鳴は声にならなかった。

伸びた〝手〟は、頭から垂れ下がった髪《かみ》の毛を、その濡《ぬ》れた指で、絡《から》め取るように掴んだ。

ぐい、と髪《かみ》が引かれ、首が欄干の外に差し出された。恐怖によって引き攣《つ》るほど見開かれた目に、乱れた川面から、細い剃刀を握ったもう一本の腕が、ぬう、と這《は》い出して伸ばされてきたのが見えた。

鈍《にぶ》く灰色に光る冷たい刃《やいば》が、瞬《まばた》きする間に顔へと近づき、勢いよく振り上げられた。

剃刀《かみそり》が奔《はし》った。恐怖の中で、固く強く目を閉じた。

「!!」

「……危ない!!」

薄《うす》く鋭い剃刀の刃《は》が顔の皮膚《ひふ》を切り割るかと思ったその瞬間《しゅんかん》、遊美の制服の襟首《えりくび》がいきなり背後から掴まれて後ろに引かれた。〝手〟に掴まれていた髪が強く引っ張られた痛みを一瞬《いっしゅん》感じ、その直後に顔のすぐ近くで自分の髪が束で切られた、「ぶつん」という嫌《いや》な感触《かんしょく》が伝わって、それと同時に押さえ込まれていた体が反動で後ろに投げ出されて、遊美はそのまま誰かに襟首を掴まれた状態で、橋の上に尻餅《しりもち》をついた。

「…………………………」

何が起こったのか分からず、目を開けた遊美《ゆうみ》は呆然《ぼうぜん》と目の前の欄干《らんかん》を、見つめた。

欄干の間から見える川面《かわも》に、切られて川に落ちた自分の髪《かみ》の毛が、撒《ま》き散らされたように流れてゆく光景が、垣間《かいま》見《み》えた。

遊美の襟首《えりくび》を掴《つか》み、その上半身を支えている誰かが、遊美の頭の上で大きく安堵《あんど》の息を吐《つ》くのが聞こえた。男の人だった。そして遊美を引き倒したその誰かは、男性というよりも少年と言った方が似合う、線の細い声で遊美に声をかけた。

「……よかった、間に合った。怪我《けが》はない？」

「…………」

その声に遊美が呆然《ぼうぜん》としたまま顔を上げると、隣《となり》の町にある典嶺《てんりよう》高校の制服であるモスグリーンのズボンを穿《は》いた少年が、緊張と安堵が混ざった表情で遊美を見下ろしていた。

華奢《きやしや》で柔《やわ》らかい雰囲気《ふんいき》。彼が先程の声の主であることは、その線の細い顔立ちを見た瞬間《しゆんかん》、否《いや》が応《おう》もなく納得した。

だが自分に何が起こって、どうして彼に助けられたのかは、遊美は納得していなかった。

「え……あれ……？」

混乱した声を漏《も》らす遊美。しかしそんな遊美の混乱は、そのとき目の前に立った一人の少女の存在によって、完全に吹き飛ばされた。

「無事？」

「え……………」

その少女を見上げた途端《とたん》、遊美は思わず言葉を失った。

とてつもなく綺麗《きれい》な少女だった。彼女は典領の彼と同じ隣町にある市立高校のセーラー服を着て、硝子《ガラス》のような容姿にあまりにも似合った冷たく厳しい表情で、ぽかんと見上げる遊美に氷のような視線を落としていた。

伝統校らしい古風なセーラー服は、長い黒髪《くろかみ》をポニーテール気味にまとめた彼女の容姿に静謐《せいひつ》な雰囲気を与えていた。しかしその服は夏だというのに袖《そで》の長い合服《あいふく》で、しかも束ねられた黒髪には漆黒《しっこく》の凝《こ》ったレースの縫《ぬ》い付けられたゴシックロリータ風のリボンが結ばれていて、それが本来彼女の服装が持っている少女性に、ほんの僅《わず》かな、一種異様なエッセンスを落としていた。

「………………」

呑《の》まれたように遊美がぼーっと見上げていると、彼女は不審《ふしん》そうに、微《かす》かに眉《まゆ》を寄せた。

「……あなた、平気？　頭でも打った？」

「あ……えっ？」

遊美は顔を覗《のぞ》き込まれて、はっ、と我に返った。

慌《あわ》てて、驚いた。彼女の触《ふ》れれば切れるような雰囲気《ふんいき》と、素っ気無いながらも遊美《ゆうみ》の身を案じているらしい言葉が遊美の中で繋《つな》がらなかったのだ。何を言われているのか、遊美は一瞬《いっしゅん》理解できず……気づいた瞬間《しゅんかん》に、遊美は大慌てで自分の無事を伝えて座り込んでいた地面から立ち上がろうとした。

「あ」

足に全く力が入らず、立ち上がれなかった。

腰《こし》が抜けていた。ぺたん、と地面に座り込んで、遊美は自分では意識していないのに震えている自分の両手をじっと見つめた。

橋の上を吹く川風に、髪《かみ》の毛が揺れた。

梨花《りか》を意識して伸ばし始め、やっと肩《かた》よりも伸びた髪。それが右半分、無残に剃刀《かみそり》で切り取られていた。

「う……」

不意に、今しがた自分の身に起こったことを、正しく感覚が把握《はあく》した。

ぞっと背筋が凍《こお》りついた。体の震えが、止まらなくなった。

手で頬《ほお》を覆《おお》って、身を縮めた。がちがちと奥歯が鳴った。あのとき襟首《えりくび》を引っ張られ、結果あの〝手〟が振るった剃刀は遊美の髪の毛を削《そ》ぎ落としたが、もしも彼に引っ張られていなければ、剃刀は間違いなく遊美の顔の肉をごっそりと削ぎ落としていただろうからだ。

鈍《にぶ》く輝く薄《うす》い刃物《はもの》の、冷たく鋭い恐怖。

真剣に怯《おび》えた。座り込んだまま、震えた。

私は死ぬんだ。そう思った。もう間違いなかった。洗面器の水に映った自分に剃刀を落とした瞬間、血の色が広がったのは、見間違《みまちが》いなどではなかったのだ。

殺される。

きっと殺される。こんなこと、誰にも話せない。

話したとしても、きっと誰もこんなものからは守ってくれない。お寺も、神社も、とても効果があるとは思えない。

「どうしよう……」

人目もはばからず、遊美は呟《つぶや》いた。

絶望的な声。だがその呟きを漏《も》らしたその時、遊美の傍《そば》に立っていた美貌《びぼう》の少女が、遊美を見下ろしたまま、冷たい声で言った。

「あなた、助かりたい？」

その問いかけを発した声は、その内容とは裏腹《うらはら》な、温かみの欠けた冷めた声だった。思わず問い返した。

「……えっ？」

「さっきの〝手〟をどうにかしたいなら、助けてあげる。私は時槻雪乃《ときつきゆきの》。こっちの男は白野《しらの》蒼《あお》衣《い》。霊能者《れいのうしゃ》みたいなものよ。信じるかは勝手だけど」

「……!」

見上げてぎょっとした。目に入った彼女の左手首にあったのは合服《あいふく》の袖《そで》に隠《かく》されたリストカッター特有の包帯《ほうたい》と、そして手の平に隠すように握られていた、赤い柄《え》をしたカッターナイフだった。

3

この日、遊美《ゆうみ》の家に両親はいなかった。

理由は数日前に祖母《そぼ》が倒れ、その身の回りの世話をしに行くことになったためだ。遊美の両親は、昨日《きのう》から祖母の家に泊まり込んでいた。帰宅は明日《あした》の昼以降。それまでこの家には、留守番《るすばん》の遊美だけしかいないという状態だった。

こんな日に限って遊美は、夜通し一人で過ごすことになっていた。

だがこれは必然だった。昨日の夜に遊美があの『占《うらな》い』を実行したのは、深夜に両親が家にいないという、その好機があったせいだ。両親の留守がなければ、遊美はあんな占いなどしなかっただろう。何もかも悪い方向に巡《めぐ》っている。ともかく遊美はこの日、もうすっかり夜も遅くなった時間に、家人が誰もいない虚《うつ》ろな空気をした家の中で、一人時間を過ごしていた。

「……」

九時過ぎ。二階から一階に降りてきた遊美は、お風呂場《ふろば》の脱衣場《だついば》のドアを開けた。

擦《す》りガラスのドア越しに、隣《となり》のお風呂場で浴槽《よくそう》にお湯が張られる音。それを聞きながら視線を横にやると、洗面台の鏡に、パジャマを着て浮かない顔をした遊美の顔が映っていた。

鏡に映った遊美は、背中にかかっていた髪《かみ》が襟足《えりあし》近くまで短くなっていた。少し悲しい。あれから遊美は美容院に行って歪《いびつ》に切られた髪をきちんと切ってもらい、それから家に帰って、いつも通りの生活をしていたのだ。

「…………」

遊美はずっと、自分の身に起こるかもしれないことを、恐れていた。

特に、〝水〟を恐れていた。しかし遊美は昨日と同じように母親が作り置きしていた料理を温め、普通に食事をして、洗い物もした。

本当はお風呂に入ることもしたくないほど、水を見るのが怖かった。それなのにそれでも遊美が浴槽にお湯を張っているのは、お風呂にも入らずそのまま明日学校に行くことを、遊美の中にある少女的な潔癖《けっぺき》さが許さなかったからだ。

夜に入ってから急に天気が崩《くず》れ始め、雨が降り出したのも理由として大きかった。ただでさえ蒸す夏の夜にひどい湿気が加わって、プールに入った後の体が、お風呂に入らずにいられない不快さを感じ始めたのだ。

そんなわけで仕方なく、遊美はしばらく前にお湯を張り始め、頃合に様子を見に来た。

だが、そうやって水に危険を感じながらも普段通りの生活をしているのは、遊美の危機意識が欠如しているのではなく、別の理由があった。

「……平気よ。平気」

遊美《ゆうみ》は、不安を訴える自分の心に言い聞かせるように、そう呟《つぶや》いた。

仮にもそう思い込もうとできるのにも理由があった。橋の上で遊美を助けてくれた、あの霊《れい》能者《のうしゃ》を名乗った高校生二人が、何とかしてくれると、そう言ったのだ。

もちろん見ず知らずの人間が言ったことを、全面的に信頼しているわけではない。それでも遊美は少なくとも二人が霊感か何かを持っているということは、疑ってはいなかった。

それだけは、間違いなかった。

なぜならあの二人は、プールではクラスメイトの誰もが見えてなかった〝剃刀《かみそり》を持った手〟を、完全に認識していたからだ。

遊美以外誰も知らないはずの〝手〟のことを、二人は知っていた。橋で遊美を助けてくれた白野《しらの》蒼衣《あおい》と名乗った線の細い少年は、遊美が欄干《らんかん》から体を乗り出していたからではなく、川から伸びた〝手〟に摑《つか》まれていたから助けたのだと、はっきりと明言したのだ。

「……うん、もちろん見えてたよ。あれ、剃刀持ってたよね？」

あの時、橋の上で助かりたいかと遊美が訊《き》かれたその時。

最初答えに窮《きゅう》し、そして彼らが〝手〟のことに言及していることに気づいて驚いた遊美に、蒼衣はこちらを安心させようとする控えめな笑みを浮かべて、そう言ったのだ。

「心当たりはある？　あれは……えーと、言っていいかな。顔を切ろうとしてたよね？」

「……！」

それで、信じた。遊美はそれで心を縛《しば》る恐怖の糸が切れて、ぼろぼろ泣きながら、あの『占《うらな》い』に関わる顚末《てんまつ》を、二人に吐《は》き出すようにして説明したのだ。

占いに至った理由も、それに伴う罪悪感も。

きっとこれは、罰《ばつ》だということも。

しかし……

「罰？」

それを聞いた瞬間《しゅんかん》に、横で聞いていた雪乃《ゆきの》の眉《まゆ》が突然吊《つ》り上がった。

噴《ふ》き出すような冷たい怒りの気配。雪乃のぞっとするような美貌《びぼう》にぞっとするような険しい表情が浮かび、その怒りを肌《はだ》で感じた遊美は、涙《なみだ》も止まるほどに気圧《けお》された。

「……悪いけど、あなたの下らない自罰《じばつ》には付き合わない。あれは人を裁くような上等なものじゃないわ」

絶句する遊美に、雪乃は言った。

「あなたは罰を受けて楽になりたいのかもしれないけど、あいにくね、絶対にそんなことはさせない。あれの理不尽《りふじん》な現象を『罰』だと呼ぶのは、今まで私が見てきた同じ災《わざわ》いの被害者への最悪の冒瀆《ぼうとく》だわ。私はあなたが受けるはずの〝天罰《てんばつ》〟を壊《こわ》してあげるわ。必ずただの理不尽《りふじん》な〝現象〟として、跡形《あとかた》もなく灰に変えてあげる」

「……っ！」

低い強烈な怒りと憎悪《ぞうお》。身が竦《すく》んだ。

訳が分からないなりに、遊美《ゆうみ》は雪乃《ゆきの》があの〝手〟を激しく憎悪しているのだと気づいた。多分、遊美が見たような怪奇現象の全《すべ》てを憎んでいるのだと、その全てを断罪しようとしているのだと、体の芯《しん》から悟《さと》った。

隣《となり》の蒼衣《あおい》が、「雪乃さん……」と宥《なだ》めるように、困った表情で咎《とが》める。

雪乃が視線を外し、俯《うつむ》いてどこかの地面を睨《にら》む。

その時は言葉の内容まで意識が回らなかった。雪乃が結局「助けてあげる」と言っているのだと気づいたのは、その後さらに、しばらくしてからのことだった。

そして……

「平気。うん……平気」

遊美は今、その一度は畏《おそ》れた彼女の言葉を心の支えに、たった一人の夜を過ごしていた。

雪乃の持つ苛烈《かれつ》で冷たい、異常性すら孕《はら》んだ身も竦む雰囲気《ふんいき》。それは翻《ひるがえ》って見れば、あの異常なものと対するに当たって、味方とした時の頼もしさにも繋《つな》がった。

厳然と存在するのをこの目で見て触《ふ》れてしまった、〝剃刀《かみそり》を持った手〟という誰にも相談できない異常な出来事。それに抵抗するために縋《すが》る相手として、雪乃の苛烈な雰囲気は、かえって遊美にしてみれば説得力があったのだ。

その雪乃の存在が、辛《から》うじて日常生活に、遊美を繋ぎとめていた。

劇薬を気つけ薬に用いるように、あの思わず怯《おび》えてしまったほどの苛烈な雪乃の言葉が胸の中になければ、とっくに遊美は美容院に行く余裕《よゆう》もなく部屋に閉じこもり、今もベッドで震えていただろう。

結果、遊美は今、こうして日常生活をしている。

お風呂《ふろ》のお湯を止めるという、あまりにも日常的な、その生活の一環を。

「……平気」

鏡に映る、短くなった自分の髪《かみ》を見て、遊美は呟《つぶや》いた。

普段通りの自分の生活を、心の表面で装う。この一線を維持し続けなければ、辛うじて繋がっている心の中の何かが切れてしまうだろうことを、遊美は心の奥底で理解していた。

それが、遊美が恐怖の感情を押し込めて、普通の生活をしようとしている理由だった。

できるだけ当たり前の生活をすることが、パニックになりそうな遊美の精神を、辛うじて正気に繋ぎ止めていたのだ。

だから、普段そうするように。

遊美《ゆうみ》は鏡から視線を外して洗面台に背を向け、浴槽《よくそう》のお湯の様子を見るために、お風呂場《ふろば》の擦《す》りガラスのドアに手をかけて、開けた。

白い電灯《でんとう》に明るく照らされた浴室には、浴槽から立ち上る湯気が広がっていた。そして白い浴槽にお湯が注がれる、どぼどぼという重く響く音が、浴室の閉じた空間に、反響していた。

……お湯は、溢《あふ》れかけていた。

遊美は少しだけ慌《あわ》てて、浴室に足を踏み入れた。

お湯を吐《は》き出している蛇口《じゃぐち》に手を伸ばして、急いでひねり、止めた。お湯が止まり、浴槽にお湯が注がれる音が止まると、それと入れ替わるようにして外で降る雨の音が、浴室の中に聞こえ始めた。

——ざあーっ、

と窓の曇りガラス越しに、くぐもった雨の音が浴室に満ちた。

砂を流すような雨の音を聞きながら、遊美はなみなみと湯の張られた浴槽に、湯加減をみるために、そっと手を伸ばした。

伸ばした指先が、湯に、触《ふ》れた。

と、その時。窓の外が突如《とつじょ》、一瞬《いっしゅん》だけ強く光って——

「————っ!!」

次の瞬間《しゅんかん》、耳を殴《なぐ》りつけるような凄《すさ》まじい大音響が破裂《はれつ》して、反射的な恐怖に体が痙攣《けいれん》し、その生き物としての根源的な恐怖を逆撫《さかな》でされる巨大な音に、全身の毛が逆立《さかだ》つような感覚を感じて思い切り身を固く竦《すく》ませた。

雷《かみなり》。それも近くに落ちた。

それを認識するかしないかのうちに、浴室の明かりが、突然に消えた。

「！」

あっという間に、狭い空間に全く周囲を見渡せない闇《やみ》が切り落とされたかのように落ちた。

完全に視野が閉ざされ、目の前が本当に真っ暗になり、竦んだ姿勢で硬直《こうちょく》し、心の中だけが凄まじい恐慌《きょうこう》状態に陥《おちい》った。

見たのだ。明かりが消える瞬間に。

視界が暗転する、その刹那《せつな》に。

見たのだ。〝それ〟を。

最初は浴槽に伸ばした自分の手が、湯の表面にうっすらと映っていて————それが落雷《らくらい》の大音響と共に明かりの落ちた寸前に遊美の手首を掴もうとするように水面から飛び出したのを、はっきりと見てしまったのだ。

「…………………………！」

落雷《らくらい》の音に竦《すく》んで手を引っ込めた、その寸毫《すんごう》の差で空《くう》を切った〝手〟を見てしまった。

まるで水面近くの獲物に襲い掛かり、失敗したおぞましい水棲《すいせい》生物のような〝手〟を、あの刹那《せつな》に、見てしまったのだ。

暗闇《くらやみ》の中で見えない浴槽《よくそう》に目を向けたまま、痛みさえあるほど硬直《こうちょく》し、身動きも忘れた。

ただ遠く、精神を削《けず》ってゆくような雨の音だけが聞こえる中、暗闇の中で冷たい嫌《いや》な汗が、全身に浮かぶのを感じた。

「…………」

闇の中に沈み、その輪郭《りんかく》も見えない浴槽。

ただ波打つ湯の気配だけが、皮膚《ひふ》感覚に、生暖かく触《ふ》れた。

目の前に幕を下ろしたかのような暗闇の中、すぐ目の前に存在するはずの浴槽。

あの〝手〟があるはずの浴槽。全身の感覚が、〝それ〟があるはずの闇の中を探っているその時、不意に窓の外が、再び瞬《また》いて光った。

浴室が、ストロボを焚《た》いたように一瞬《いっしゅん》照らし出された。

その一瞬だけ、雷光《らいこう》の異様な光に染め上げられた浴室の光景が、ストロボに切り取られたかのように、顕《あら》わになった。

「ひっ――――」

見えた。浴槽が。水面が。

そして、その浴槽の中から真っ白な〝手〟が――――びっ、、、しりと菌類の、、、ように生え、、、て蠢、、き、そのうちの一本が目の前まで粘菌《ねんきん》のように引き千切れんばかりに伸ばされている光景が目に入ったのだった。


「――――わああああああああああああああああああああああああああああああっ!!」


一瞬の間の後、暗闇の中で喉《のど》が割れんばかりに絶叫した。

自分の口から絶叫が迸《ほとばし》るのと同時に爆発したような雷鳴《らいめい》が鳴り響き、何も分からなくなるほどの凄《すさ》まじい音と絶叫が、耳と頭の中を呑《の》み込んで知覚できる限りの全《すべ》てを覆《おお》い尽くした。

暗闇の中で無我夢中で出口を探し、身をひねった。肩《かた》が思い切り壁に当たり、振り回した手が壁とドアの金具にぶつかったが、その痛みにも構わず体当たりするように半開きだったドアを押し開け、洗い場の段差につまづきながら転がるように浴室から外に出た。

何か、、、、、、、に足を掴まれた。

「――――――――っ!!」

突然濡《ぬ》れた手に足首を掴《つか》まれ、直後に凄《すさ》まじい力で浴室に引きずり込まれそうになった。半狂乱で声になっていない悲鳴を上げてドアの枠《わく》にしがみつき、暴れ回って、〝手〟から自分の足を剝《は》ぎ取った。這《は》うようにして脱衣場《だついば》から風呂場《ふろば》のドアを探り思い切り閉めた瞬間《しゅんかん》、擦《す》りガラスの嵌《は》め込まれたドアが、向こう側から強く叩《たた》かれた。

ばん！

暗闇《くらやみ》の中に、濡れた手がガラスを叩《たた》く恐ろしい音が、響いた。目の前にあるが、暗闇のため見えないガラス。その向こうの浴室に溢《あふ》れる〝手〟がガラスへ向けて殺到して来る、湿《しめ》った音と、無数の気配が満ちた。

ばん！　ばんばんばん！

直後、次々と無数の〝手〟がガラスを叩く凄《すさ》まじい音が狭い脱衣場の暗闇に響き渡った。何も聞こえなくなるほどの音に、聴覚が、神経が、本能が、悲鳴を上げた。

ばんばんばんばんばんばんばんばん！

ばんばんばんばんばんばんばん！
ばんばんばんばんばんばんばん！
ばんばんばんばんばんばんばん！
ばんばんばんばんばんばんばん！
ばんばんばんばんばんばんばん！

「…………………………っ！」

耳を塞《ふさ》いだ。悲鳴を上げた。這《は》うように廊下《ろうか》に逃げた。しかしそこにも壁さえ見えない暗闇が満ちていて、ただ廊下の端《はし》に見える玄関《げんかん》だけが、ほんの僅《わず》かな夜明かりの差し込みによって、ぼんやりと墨色《すみいろ》のドアの姿を浮かび上がらせていた。

萎《な》えた足で、転びながら玄関へ逃げた。もう暗闇には一秒もいられなかった。家の中に満ちる暗闇には、浴室であの一瞬《いっしゅん》のうちに目に焼きついた、おぞましい線虫《せんむし》のように蠢《うごめ》く無数の白い〝手〟の光景がありありと想像できたからだ。

数歩先も見えない暗闇の中に、今まさにぬうと伸びた白い〝手〟があるかもしれない。肌《はだ》が感じていた。あの光景は目と脳裏と感覚に、くっきりと残像として焼きついていた。

逃げた。転がるように。

なきに等しい、しかし今この場では縋《すが》るほどに明るい外の夜明かりに、まるで夢の中で走っているようなもどかしい萎《な》えた足で、必死になって駆《か》け寄った。

背後で鳴り続けるドアのガラスを叩《たた》く音に、追われるように玄関《げんかん》に駆《か》けた。

膝《ひざ》や肘《ひじ》を何度も打ちつけながら、転がり、這《は》いずり、明かり取りの窓から見える夜の色をした薄明《うすあ》かりの下に、死にもの狂いで辿《たど》りついた。玄関のドアに縋《すが》りつき、震えて自由にならない手で鍵を開けた。チェーンロックを外し、ドアノブを握り、力の入らない手で必死にドアノブを回して、そしてドアを、外に向けて、開けた。

「っ！」

――――ざあっ、

と雨の音が、ドアを開けた瞬間《しゅんかん》に猛烈《もうれつ》に強くなった。

むせ返る雨の匂《にお》い。そして暗い、夜の明かり。

しかし家の中よりも遙《はる》かに明るい空の下に、躊躇《ためら》いもせず遊美《ゆうみ》は飛び出した。濡《ぬ》れた玄関前の敷石を、裸足《はだし》で踏んで雨の中に駆《か》け出すと、瞬《また》く間に髪《かみ》とパジャマとが雨に打たれて、肌《はだ》まで雨水が染み透り、髪《かみ》や服の張り付いた肌を雨水が流れ落ち始めた。

玄関灯《とう》も街灯も消えている道に、飛び出した。

近所に助けを求めるつもりだった。とにかくあの家に、一人ではいられなかった。

裸足《はだし》で水の溜《た》まったアスファルトの上を、つんのめりながら走った。家からできる限り離れるという、その衝動《しょうどう》だけで走っていたが、恐怖に萎《な》えた足腰《こし》は走る自分の体を支えられずに、一ブロックも進まないうちに膝が崩《くず》れ、濡れた地面に投げ出された。

「う……」

打ちつけ擦《こす》った、膝と腕《うで》が痛んだ。

起き上がろうと手を突いた。全身を雨が叩《たた》いた。

なおも、逃げなきゃという思いにかられて、上半身を起こした。しかし足には力が入らず、腰からは力が抜けて、道路に座り込んだような形で、雨水の流れる道路を引っかくように摑《つか》んで必死になってあがいた。

……その時だった。

座り込んだ頭の上で、不意に蛍光灯《けいこうとう》の光が、瞬《またた》いた。

落雷《らくらい》による停電が復旧し、街灯が点《つ》いたのだ。街灯は、気づかない間に電柱の足元にいた遊美の頭の上で突然に点《とも》り、不意の人工の白い光が、ほとんど真上から周囲の闇《やみ》を照らして降り注いだ。

そこにあった闇が、駆逐《くちく》された。

月明かりに似た暈《ひら》けた明かりに照らされた道路は、一面が水溜《たま》りのように、うっすらと雨水に覆《おお》われていた。

降り落ちる雨粒に、道路が池のように、次々と波紋《はもん》を作っていた。

そして────水に覆《おお》われた道路は降り注ぐ光を受けて、まるで一面が鏡のように、遊美《ゆうみ》の姿を映し出していたのだ。


「…………………………………………!!」


気づいた時には、もう体は動かなかった。

雨の中、街灯に照らされたこの空間に満ちる空気が、異様なまでの静寂に、満ちていた。

自分の顔が、冷気に炙《あぶ》られたように引き攣《つ》った。雨に濡《ぬ》れた身体《からだ》が、それとは全く別の種類の、骨の芯《しん》から来る寒気に、かたかたと震えていた。

かちかちかち……

奥歯が、微《かす》かな音を立てていた。

息が止まりそうだった。見開いた目は、座り込んだ足元に向けられていた。

一面が水面と化した道路を見下ろす、絶望的に引き攣った表情をした自分の顔が雨による小さな波紋《はもん》に乱されながら映っていた。

そして、その水面に映っている自分の、肩越《かたご》しの背後には────

背景を埋め尽くすほどの無数の手が、白い指を広げてびっしりと地面から伸びていたのだ。

気配が、蠢いた。

「きゃあああああああああああああああああああ――――っ!!」

肺を絞《しぼ》り上げ、全身が震えるほどの絶叫を上げたその瞬間《しゅんかん》、濡れた冷たい手に恐ろしい力で両の足首を掴《つか》まれた。「嫌《いや》あっ!!」と悲鳴を上げて大きく身をよじると、水の張った道路から生えた白い〝手〟が指を巻きつけるように足首を掴んでいるのが目に入った。恐慌《きょうこう》状態で逃れようともがき、手を道路に突いた途端《とたん》、その手首に冷たい濡れた指の感触《かんしょく》が、強く強く、肉に食い込むほどに巻きついた。

暴れ回る視界に入る雨水にうっすらと覆《おお》われた道路は、すでに狂人の描いた病的な森のように、真っ白な腕《うで》が手が指が数も分からないほどに生え始めていた。

ぴちぴちぴち……

魚の群れが跳《は》ねるような濡れたおぞましい音を立てながら、病的な精神が生み出したとしか思えない、狂気に満ちた菌類《きんるい》の森が、みるみるうちにアスファルトの色が見えなくなるほどその数を増やした。寄生虫に埋《う》め尽くされたような白く蠢《うごめ》く湿地は増殖《ぞうしょく》伸張《しんちょう》し、目に入る世界を覆い尽くし、座り込んだ足元を埋め尽くした。指の感触《かんしょく》が手を足を腿《もも》を掴み、腰《こし》を、腕を、這《は》い上がり、肩を、首を掴んで、締め付け、指の一本までも握り締めて身動きができないほどに摑《つか》み上げた。

「ひ…………ぐ……」

喉《のど》が握られ息ができず、悲鳴ももはや上げられなかった。

ただ必死で逃れようとするかのように顔を上に向け、雨が降る厚い雲に覆《おお》われた空と、そこに禍々《まがまが》しいほどにぼんやりと輝く街灯《がいとう》の光を、恐怖に見開いた目で見つめていた。

その目の前に、不意に差し出される、細くて鈍《にぶ》い光。街灯の冷たい光を鈍く反射するそれは、白い手に握られた、一本の剃刀。

「!!」

見開かれた目が、さらに眼球が飛び出すほどに大きく見開かれた。

思わず声が漏《も》れたが、潰《つぶ》れるほど握られた喉からは悲鳴ではなく「ぐぶ」と空気が漏れるような音がしただけだった。剃刀《かみそり》の切っ先が、顔にじわりと近づいた。先端《せんたん》が向けられた頰《ほお》に痛み。だがそれは錯覚《さっかく》の痛みで、まだ刃《は》は触《ふ》れてはいない。

触れた。雨で冷たく冷えた頰に、薄《うす》い刃《やいば》が当てられた。

ぷつ、という感触《かんしょく》で、冷たさのため麻痺《まひ》した頰の皮に剃刀の刃が貫いた。

ず、という感触を生み出しながら、肉の中に鋼《はがね》の薄刃《うすば》が押し込まれた。薄く硬質《こうしつ》の刃が肉を裂《さ》いて、頰の中に潜《もぐ》り込む。

「————!!」

瞬間《しゅんかん》、硬《かた》い尖《とが》った痛みが、頬の肉の中で火を噴《ふ》いた。

その痛みが熱のように広がると同時に、心臓を握り潰されるような恐怖が、胸の中身を思い切り絞《しぼ》り上げた。

痛い！　怖い！　今まであまりに異常な状況のせいで忘れていた刃物《はもの》への恐怖が心を真っ白に塗《ぬ》り潰した。動けない。声も出せない。ただ摑まれた喉から細い悲鳴に似た息を漏らしながら、心の中だけで凄《すさ》まじい悲鳴を上げて、ぴくりとも動かせない身体《からだ》に壊《こわ》れそうなほどの力を入れて死に物狂いで身をよじらせた。

だが、全くの無駄《むだ》だった。

ぶづ、と剃刀はさらに押し込まれ、痛みと共にさらに肉が切り割られた。

「────────っ!!」

薄い頬の肉を貫通し、剃刀の刃が頬の裏の歯茎《はぐき》に触れた。熱い頬の痛みとは別種類の、歯肉と骨に切っ先が突き刺さる冷たい痛みに、身体が震えて、ひどく熱い涙《なみだ》が目から溢《あふ》れて冷たく血の気の引いた頬を流れた。

硬い切っ先が、頬を貫いて歯茎《はぐき》に押し込まれる。

そのまま頬の肉を切り開こうと剃刀に力が入れられるが、切っ先が歯茎に突き立って動かず、代わりに頭が痺《しび》れるような痛みが脳を貫いた。

「あ……が……」

口の中に、血の味が広がった。

恐怖のため途切《とぎ》れ、しかし痛みのために引き戻される意識の中で思った。これはやはり罰《ばつ》だと。あんな未練を、いや、欲を出しては、いけなかったのだと。

自分の親友のものを欲しがるなんて、卑《いや》しい感情を持つからこんなことになったのだ。

最低の感情を持ってしまったから、そんな最低の人間は罰を受けるのだ。

好きになっては、いけなかったのだ。

涙《なみだ》を流して悔《く》いた。好きになってしまったことを。そして気持ちの上で親友を…………裏切ったことを。

ぶつっ、

と歯茎《はぐき》の骨に突き立って動かない剃刀《かみそり》が頬《ほお》から引き抜かれ、そして次は瞼《まぶた》を切り取ろうとするかのように、剃刀の切っ先が目へと近づけられた。

「…………!!」

血と唾液《だえき》に濡《ぬ》れた切っ先が、目前に迫った。

絶望に、目を閉じることすら、できなかった。怯《おび》え、凍《こお》りついたように見開かれた目に、薄《うす》い刃物《はもの》が、無慈悲《むじひ》に近づいた。

……その時。

「――――〈私の痛みよ、世界を焼け〉っ!!」

雨の降る夜に突如響いた、低く、切りつけるような裂帛《れっぱく》の叫び。

その凜《りん》とした少女の声が聞こえたと思ったその瞬間《しゅんかん》、目の前の剃刀を持った〝手〟が突如として爆発的な火焰《かえん》に包まれ、ビニールが焼けるように切断されて、火の粉を撒《ま》き散らしながら千切れ落ちた。

「!!」

顔を炙《あぶ》る熱。凄《すさ》まじい熱量によって吹き上がる風。

視界が炎《ほのお》の色に染まり、想像もしなかった事態に思わず目を閉じて数瞬《すうしゅん》。無数の〝手〟に摑《つか》まれて身動きの出来ない身体《からだ》の周りを強烈な熱が奔《はし》るように移動した直後、全身を拘束《こうそく》していた力が突然に大きく緩《ゆる》んだ。

「……う………え……!?」

固く目を閉じ、そして恐る恐る目を開けた、遊美《ゆうみ》。

その目に入ったのは、遊美の周りをぐるりとリング状に取り囲む炎《ほのお》と、その内側で自分を中心に広がる、自分を拘束していたモノたちの地獄《じごく》絵図だった。

「……‼」

絶句した。数瞬《すうしゅん》のうちに、遊美《ゆうみ》の周りは焦土《しょうど》と化していた。

狂った菌類《きんるい》のように繁茂《はんも》していたあの無数の〝手〟の森が、遊美を中心にして無慈悲《むじひ》に、まるで山火事の後のように、ただの炭と灰と燻《くすぶ》る熾火《おきび》が広がる死の荒野に変わっていた。

完全に炭化し真っ黒な、しかし明らかに腕《うで》の形を残したモノが、無数に周りに折り重なっていた。崩《くず》れかけ、灰と混じり、雨に濡《ぬ》れて煙《けむり》を上げる〝手〟の残骸《ざんがい》の焦土《しょうど》が、揺らめく陽炎《かげろう》さえ見えるほどの熱を吹き上げながら、円状に広がっていた。

そして炎《ほのお》が、その円を猛烈《もうれつ》な勢いで押し広げていた。

一枚の白い布の中心に火をつけ、その火が繊維《せんい》を炭化させながら円状に燃え広がってゆくように、リング状の炎の壁が、周囲にひしめく〝手〟の森を呑《の》み込みながら舐《な》めるように火の粉を上げて焼き尽くし、全《すべ》てを灰燼《かいじん》へと変えつつあった。

「…………………‼」

それに口があれば絶叫を上げているであろう生々しさでのた打ち回りながら、逃げることもできずに炎に呑まれてゆく無数の〝手〟。

そして――――その光景を睥睨《へいげい》しながら、雨と火の粉の中を歩み寄ってくる、人影。

凄絶《せいぜつ》な美貌《びぼう》に、険しく引き締められた唇《くちびる》と、細められた目。ポニーテール気味にまとめられた髪《かみ》を結ぶ黒いレースのリボンが、炎の生み出す火の粉混じりの風に、静かに揺れている。

忘れもしない、時槻雪乃《ときつきゆきの》の姿。

しかし雪乃の姿は、初めに見た、高校の制服姿ではなかった。

いや、それは普通の服ですらなかった。

それは無数の白と黒のレースに縁取《ふちど》られた、長いスカートの揺れる、しかしひどくシャープな印象をした、紛《まぎ》れもないゴシックロリータの衣装だったのだ。

そして手にしているのは、あの赤い柄《え》を持ったカッターナイフ。

遊美の見ている前で、雪乃はその一杯に刃《やいば》を伸ばしたカッターナイフを静かな動作で振り上げると、まるで狂ったバイオリン奏者のように、目盛のようにびっしりとリストカット痕《あと》が刻まれた左腕《うで》へと当てた。

そして、

「〈焼け〉!!」

低く叫んだ。叫ぶと同時に、腕に当てたカッターナイフを大きく引いた。カッターナイフの薄刃《うすば》が白い皮膚《ひふ》を切り裂《さ》いて半《なか》ばほどまで埋《う》まり、雪乃がその痛みに身体《からだ》を折るようにして痙《けい》攣《れん》した、その瞬間《しゅんかん》、遊美の周りで〝手〟を食い尽くしながら燃え広がっていた炎が、まるでガソリンを注がれたかのように爆発的に火勢を増した。

「…………………!」

その常識では考えられない因果関係は、しかし明らかだった。

雪乃《ゆきの》の腕《うで》に刻まれた二本の深い傷と、雨と混じりながら伝い落ちる血。そして真っ白に血の気の失《う》せた表情で睨《にら》みつける先で、もはや蹂躙《じゅうりん》としか呼びようのない勢いで焼き尽くされつつある白い〝手〟の群れ。

音を立てて近づく雪乃のブーツが、もうすでに絶滅しつつある白い〝手〟の森に、さしかかった。〝手〟は最後の抵抗をするかのようにその脚《あし》を掴《つか》もうとしたが、雪乃の左腕から零《こぼ》れ落ちる血がふりかかった途端《とたん》、まるで溶《と》かした鉄をかけられたようにその部分から焼け焦《こ》げ、痙攣《けいれん》しながら燃え上がり、瞬《また》く間に動かぬ薪《まき》と化した。

ブーツの底が、炎《ほのお》を上げ始めた最後の抵抗者を、踏みにじった。

すでに無事な〝手〟はどこにも残っていなかった。雨の中で燃え盛《さか》る炎は指の一本も残さず貪欲《どんよく》に舐《な》め尽くし、数秒も経《た》たないうちに炎はその食糧を全《すべ》て失い、火勢を落とし、消えてなくなった。

暗闇《くらやみ》を照らす炎の光が失われ、後には街灯《がいとう》の光に照らされた狂気の森の焼け跡と、空気に混じる猛烈《もうれつ》な焦げの臭《にお》いが残った。未《いま》だ降る雨が焦土《しょうど》に落ちるたび、水蒸気とも煙《けむり》ともつかない白いもやが、しゅう、という微《かす》かな音と共に、上がり続けていた。

……と、その瞬間《しゅんかん》、目の前の炭と灰の中から剃刀《かみそり》を握った手が毒蛇《どくじゃ》のように遊美《ゆうみ》の顔に向かって飛び出した。

「っ!!」

遊美が身を竦《すく》ませたのと、雪乃が三たび左腕を刻んだのが、同時だった。

「〈焼け〉!!」

瞬間、藁《わら》のように〝手〟は燃え上がり、すぐさま燃え尽きて形を失った。剃刀が支えを失って落ちた。そしてそれが本当に最後の抵抗だった。

後には雨の音と、沈黙が、残った。

「…………………」

「…………………」

雨の降り注ぐ中、遊美は自分を無言で見下ろす死神のような雪乃を、呆然《ぼうぜん》と見上げていた。

「……あ……あなたは……?」

「言ったでしょ? 霊能者《れいのうしゃ》みたいなものだって」

呆然《ぼうぜん》と呟《つぶや》いた遊美の問いに、雪乃は冷たい声で答えた。そしてそのまま、腕の傷もそのままに、きびすを返し、この場から歩み去った。

「いま見たことは、忘れなさい」

最後に遊美にかけられたのは、そんな短い、しかし断固とした言葉だった。何の答えも返せなかった。路地の向こうで、こちらは制服姿のままの蒼衣《あおい》が待っていて、差していた傘《かさ》を、雪乃の頭上に差しかけた。

蒼衣は遊美を振り返り、微笑《ほほえ》んで小さく手を振った。

そして歩み去る二人の背中を、遊美《ゆうみ》は呆然《ぼうぜん》と——ただ呆然と、自分の悪夢が焼き尽くされた焼け跡《あと》の中心に座り込んで、見えなくなるまで、眺《なが》めていた。

4

一夜経《た》って、翌日。

凄《すさ》まじい状況だったあの焼け跡は一晩続いた雨によって嘘《うそ》のように流されて、翌日にはトラックが土でも落としていったような、その程度の痕跡《こんせき》しか残っていなかった。

最も大きい痕跡だったこれが、この有様では後に残るものなどない。頬《ほお》を貫通した傷も深い割には小さかったためほとんど痕《あと》も残らないくらいに治せるそうで、そうなってしまうとあの出来事は、本当にただの悪夢だったのではないかと思えるほどに何も残さなかった。

遊美の怪我《けが》の知らせに昨日《きのう》は慌《あわ》てて父親だけが家に帰って来て、病院などの手続きをしてもらい、今朝《けさ》は父親を見送った後に家を出た。

鞄《かばん》を提《さ》げて学校に向かう遊美は、昨日死んだように眠《ねむ》った後、奇妙《きみょう》に腹が据《す》わり、落ち着いていた。

学校に着いて教室に入ると、すでに席に梨花《りか》がいた。

今日も生徒会の仕事で登校が早かったらしい。大変だ。頭が下がる。

「おはよう、梨花」

「んー？　ああ、おはよう。ゆーみ。今日は早いね」

何かプリントの草稿らしきものを作っていた梨花は、顔を上げると、にっ、と笑った。

そして遊美の顔を見て、黒縁眼鏡《くろぶちめがね》の向こうの目を、少し丸くした。

「あれ？　髪《かみ》切ったんだ？」

言われて、遊美はもう一つ、昨日の出来事が残したものを思い出した。それをすっかり忘れていたことに、遊美自身が、一番意外な思いだった。

「へえ、似合うじゃん。可愛《かわい》い可愛い」

「そ……そう？」

屈託《くったく》なく褒《ほ》める梨花に、遊美は少し照れた。

そして、不意に昨日までの出来事を思い出し――――ここでも不思議なほどに落ち着いていることに、気がついた。あれほどあった、ひねくれて遠まわしな、しかしそれゆえにひどく凝り固まっていた気持ちがなくなっていたのだ。彰人《あきと》との関係で梨花を意識していた、あのひどく鬱屈《うっくつ》した感情がなくなっていたのだ。

まるで髪の毛と一緒に、川にでも落としてきてしまったように。

歪《ゆが》んで凝った執《しゅうちゃく》着が、なくなっていた。

あのとき感じていた感情が、本当にただの謂《いわ》れのない自罰《じばつ》でしかなかったことに、遊美《ゆうみ》は同時に気がついた。確認もせずに想像だけしていた思い込みと執着《しゅうちゃく》が、遊美の見ている世界を歪《ゆが》めていたのだった。

あの〝白い手〟は、自分の手だったのだ。

何かを欲しがって、ありもしない水に映ったものに手を伸ばしても、そこには自分しか映っていない。剃刀《かみそり》を摑《つか》んだ自分の手は、自分にしか届かない。

相手にはもちろん、誰にも届かない。

遠回りに自分を傷つける自罰だ。だからきっと、雪乃《ゆきの》というあの高校生は怒ったのだ。

全《すべ》ては、自分の心の中のことだったのだ。

気づいてしまった。遊美は梨花《りか》を、自分の鏡像だと思おうとしていたことに。

「ねえ、梨花」

だから、遊美は言った。

「……ん？」

「いきなりこんなこと言うの、変なんだけど」

「何？」

「私、瀬川《せがわ》君に……告白しようと思うんだけど」

それを聞いた梨花は、髪《かみ》を切った遊美を見た時よりも、目を丸くした。

そして髪を切った遊美を褒《ほ》めた時よりも、楽しそうな笑顔を、にっ、と浮かべた。

「……いいんじゃない？」

†

犬が肉をくわえて川を渡っていました。

見ると川の水に、自分の姿が映っていました。

犬は大きな肉をくわえた別の犬がいるのだと思って、一声吠《ほ》えて飛びかかりました。

肉は川に落ち、そのまま流れていってしまいました。

——アイソーポス（イソップ）寓話

第二話　アリとキリギリス

1

両親が出かけて、たった一人の、留守番《るすばん》の夜だった。

初夏の暑さがねっとりと残留《ざんりゅう》する、風のない夜。閑静《かんせい》な住宅地に建つその瀟洒《しょうしゃ》な趣味をした家は、本来あるべき人の生活という密度を二人ぶんも失って、がらん、と寂しく、静まり返っていた。

家にいるのは、一人娘《むすめ》である、高校生の少女のみ。

茶に染めた髪《かみ》を、流行風の可愛《かわい》い髪型《かみがた》にしたその少女は、両親が夜半過ぎまで帰って来ないので、部屋着代わりにTシャツ一枚というラフな姿で、もう見たいテレビ番組もなくなった時間帯を、どこか物憂《ものう》げな表情で過ごしていた。

ソファがある、広いリビング・ダイニング。

視線の先には、三年前のリフォームと共に家にやって来たテレビ台と、つい十数分ほど前に消したばかりの、何も映していない大画面のテレビ。

聞こえるのはエアコンと冷蔵庫の、振動するような微《かす》かな音。そして窓の外にねっとりと重く広がる夜の音と、薄《うす》い容《い》れ物のような家の中に満ちる、空っぽの静寂ばかり。

家の中では煌々《こうこう》と、この部屋だけが明るい。

少女はソファの上で自分の膝《ひざ》を抱《だ》き、ただ黙って何もせずに、沈黙しているテレビの画面を見つめていた。

時折、その丸まった姿勢のまま、体を揺する。

ソファの前に置かれたテーブルには、申し訳程度に進められた宿題のプリントと、気分転換用の少女向けのファッション誌が――――肝心《かんじん》の宿題に被《かぶ》せられるようにして、テレビのリモコンと共に放り出されていた。

もう見たいテレビも記事もなく、しかし宿題に戻る気にもなれない。

リフォームで作った合計三十帖《じょう》近いリビング・ダイニングを、一人で我が物顔で使える状況ながらも、漫然《まんぜん》とした時間。

家の中の虚《うつ》ろと窓の外の夜を、否応《いやおう》なく強く感じる、そんな時間。

そんな時だった。

とん、

と夜のリビングの静寂の中に、不意にひとつ――異質な〝音〟が、小さく鳴ったのは。

「…………うん？」

硬質《こうしつ》で、そして、ひどく近い音だった。

そんな音を聞いて、少女はふと怪訝《けげん》な顔になり、抱《かか》えていた脚《あし》を下ろして、リビングにかかる大窓のカーテンに目をやった。

音は、何かが窓ガラスに触《ふ》れた音のような、そんな風に聞こえた。

細くブラウンの格子《こうし》模様が入った、白い厚手のカーテンを、じっと見つめる。自然と眉根《まゆね》が寄った。

「…………」

今、家には誰もいないのだ。

両親でもない。車の音はしなかった。

誰かが入ってきたのだろうか？　と、頭の端《はし》で思う。

それきり音は聞こえない。しかし一度気にしてしまった後では、その沈黙はかえって少女の心の中に、ぽつんと生まれた不安を煽《あお》った。

何もない、〝静寂〟。

しかしそれはひどい存在感をもって、カーテンの向こうに、黒く重く広がった。

厚いカーテンと窓ガラスを隔《へだ》てて、その向こうに広がる、ねっとりとした暑い夜の気配。

思わずゆっくりとソファから立ち上がり、その窓の外の気配に向かって、じっ、とカーテンを見つめたまま、耳を澄ませた。


「…………………………」


何も、聞こえない。

広がるのは、ただ、静けさ。

この家の中に、自分一人だけしかいないという、静けさ。

不意に、寒気がした。今は夜の中に一人きりで誰も助けてくれないという事実が、突然はっきりと自覚されて、不安と緊張がそっと心を撫《な》で上げたのだ。

と――――

とん、、
再びあの音が、聞こえた。

「……っ!!」

聞こえた。心臓が跳《は》ね上がった。

ぞわ、と肌《はだ》が粟立《あわだ》ち、きりきりと部屋の空気が変質していった。肌に触《ふ》れる空気の温度が急激に下がり、澄んだ硝子《ガラス》のように冷たく密度が上がって、それまで聞こえていた全《すべ》ての雑音がひどく遠くなって、切れるような静寂が世界を満たした。

「…………………!!」

何かが、いる。

少女はカーテンを見つめたまま目を見開いて、空気が凍《こお》った部屋の中で、立ち尽くした。

知覚は全《すべ》て、カーテンに、窓に、その向こうに向けられている。しかし音を立てた〝モノ〟の気配は、動くものはおろか、何かがいる気配すら、感じることはできなかった。

感じるのは、ただ、夜の静寂ばかり。

しかし直感が、脳裏《のうり》で何かを告げていた。

目を見開いた視界に広がる、夜を覆《おお》い隠《かく》すカーテン。

その〝向こう〟に対して、本能が、何か強烈なうそ寒い不安を訴えている。

「…………誰か……いるの？」

震える声を漏《も》らすようにして、窓に向けて、言った。

しかし――――

『……』

……

応《こた》えたのは、心臓を押し潰《つぶ》すような、重い沈黙だけ。
聞こえるのは、ただ深い、自分の呼吸の音。
緊張に肌《はだ》が、張り詰める。

「……」

ごろり、と喉《のど》の奥で、唾《つば》の塊《かたまり》を飲み下した。
そしてカーテンに、一歩、近づいた。
カーテンに、手を伸ばした。
確認すればいい。そう。少しだけ、ほんの少しだけカーテンをめくってみて、何もないのを確認して、安心すればいいのだ。

「……」

一歩近づいた。

大丈夫。きっと何もない。

「……」

カーテンの合わせ目をそっとつまんだ。

大丈夫。きっと〝音〟は、カナブンか何かがぶつかっただけだ。

「……」

指に力を入れる。指先が震えていた。

ひどく大きく聞こえる、自分の心臓の音。

それを聞きながら、指先でそっとカーテンの隙間《すきま》を広げ——

庭に立っている全身をずぶ濡れにした制服姿の女の子が見えた時——

大きく開いた少女の口から、凄《すさ》まじい悲鳴が迸《ほとばし》った。

それから朝まで、記憶《きおく》は途切《とぎ》れる。

……………

†

知人の紹介《しょうかい》で、〝霊能者《れいのうしゃ》〟に会えることになった。

「……………えっ？」

市の郊外にある私立高校に通う二年生、霧生比奈実《きりゅうひなみ》は、そろそろ十七年になろうとしている人生で初めて出会った〝霊能者〟があまりにもイメージとかけ離れていたので、その一瞬《いっしゅん》言葉を失った。

待ち合わせの喫茶店《きっさてん》。

そこで待つ間、ずっと入ってくる客を比奈実は落ち着きなく確認していた。

あの人だろうか？　この人だろうか？　と。しかし、それらの客の中で比奈実に声をかけてきたのは、一目で「まさか」と思った二人連れ——比奈実とほとんど変わらないだろう歳《とし》をした、二つ隣《となり》の街にある高校の制服を着た少年と少女だったのだ。

「あの……すいません。霧生《きりゅう》さんですか?」

「………………えっ?」

比奈実《ひなみ》の座る席の前に来て控えめな調子で確認したのは、この年頃の男子としてはかなり線の細い顔立ちをした少年だった。

そしてその隣《となり》に立ったのは、女の比奈実が思わず息を呑《の》むほどの、抜けるような白い肌《はだ》に、漆黒《しっこく》の髪《かみ》をポニーテール気味にした、研《と》ぎ澄ませたような美貌《びぼう》の少女。

「……」

少女は無言で、氷のような冷たい目と雰囲気《ふんいき》をして、比奈実を見下ろしている。

気圧《けお》されて、ぽかんと二人を見上げた。そして答えを忘れた比奈実の、その一瞬《いっしゅん》の停止に、少年が困惑《こんわく》の表情になって、おずおずと声をかけた。

「あの……?」

「……あ……ああ! ごめん! あ、いや、ごめんなさい、霧生です!」

がたん、と椅子《いす》を蹴《け》って立ち上がり、比奈実は大急ぎで頭を下げた。

その大いに慌《あわ》てた動作のお辞儀《じぎ》に振られて、比奈実が毎朝三十分はかけて作っている、控えめながらも可愛《かわい》い、お気に入りの髪型《かみがた》が揺れた。

「……っ！」

慌てて乱れた前髪を直し、比奈実はがちがちに緊張して、肩《かた》を縮めるようにして目の前の霊《れい》能者《のうしゃ》二人と向かい合った。なにしろ霊能者などという肩書《かたが》きの人物と対面するのは比奈実にとっては初めてで、さらにそれが面と向かうだけで背筋が伸びるような凜《りん》とした美少女ともなると、緊張するなという方が無茶な話だった。

比奈実もお洒落《しゃれ》は大好きで、平均以上に可愛いという自負があるが、次元が違う。

氷の彫像のような容姿をした少女が纏《まと》うセーラー服の合服《あいふく》に、僅《わず》かにゴシックな印象を付け加える、髪を結ぶ黒いレースのリボン。

たったそれだけの、しかし素地の違いによる恐るべき完成度が、鏡の前で懸命《けんめい》に考えてコーディネートしている自分のお洒落を圧倒している。自分がお洒落なぶんよけいに分かる。自分の彼氏にだけは絶対会わせたくないなあ、と、比奈実は緊張した頭の端《はし》で、それでも心から、そう思った。

「あ、えーと……はじめまして。僕は白野《しらの》蒼衣《あおい》です」

そんな比奈実に少年が、声をかけた相手が間違いではないことが分かって安心したらしい、あからさまにほっとした顔で自己紹介《しょうかい》した。

「で、こっちが……」

「時槻雪乃《ときつきゆきの》」

蒼衣という少年とは対照的に、素っ気なく名乗る少女。

「あなたが呼んだ、〝霊能者《れいのうしゃ》〟よ」

少女は、そう言った。そして涼しげを通り越して凍《い》てついている目を微《かす》かに細め、萎縮《いしゅく》して立っている比奈実《ひなみ》を、静かに、射すくめるように見つめた。

「あ……えと……霧生《きりゅう》比奈実です」

比奈実は、縮こまったまま、頭を下げる。

しかし、いざこういう段階になると何を話していいのか分からなくなって、その場に立ったまま、口を濁《にご》した。

「えーと……今日は……」

「簡単には聞いてるわ」

言いよどむ比奈実に対して、少女はそう言いながら目の前の席についた。

そして水を持ってきたエプロン姿の店員に、少年が二人分の注文を始めたのを尻目《しりめ》に、立ち尽くす比奈実の顔を見上げて、冷気のような声音で静かに言った。

「で、死んだ人間が、訪ねて来るんですって？」

2

まず話は数ヶ月ほど、一年生だった頃に遡《さかのぼ》る。

そもそも……と比奈実《ひなみ》の親友である有賀美幸《ありがみゆき》は、常々思っていた。

そもそも美幸と比奈実は、どうして自分たちが親友同士なのか分からないくらいに、何もかもが違っていた。だから二人の状況がどれほど違っても、それは当たり前のことで、羨《うらや》むことも、蔑《さげす》むこともないのだ、と。

美幸は眼鏡《めがね》をかけている。比奈実は視力がいい。

美幸は地味。比奈実は流行に敏感でお洒落《しゃれ》好き。

美幸は黒髪《くろかみ》をひっつめただけ。比奈実は髪を染め、流行《はや》りの髪型《かみがた》。

美幸は冷静で努力家。比奈実はよく笑い、よく泣く、快楽主義者。

美幸は成績が良く運動が駄目《だめ》。比奈実はその反対。

二人は同じ私立高校に進学したが、美幸は特別進学クラスで、比奈実は普通のクラス。

しかも比奈実が進学先としてこの学校を選んだ理由というのが、美幸に言わせれば信じられない、制服のブレザーが可愛《かわい》かったからという、そんな理由を決め手にしてのことだった。

見た目も、興味も、価値観も、二人は家が同じ町内にある幼馴染《おさななじみ》で親友同士だったが、全く違っているのだ。

まるで、アリとキリギリス。

それでも二人でいると楽しいし、ほっとする。

そんな、少しおかしな親友同士である、美幸と比奈実。そんな二人だったが、それでも二人にも、完全に共有できる話題は、いくつもあった。

例えば——〝恋愛〟。


「ね、美幸、聞いて聞いて。きょう辰宮先輩《たつみやせんぱい》の好みの髪型聞いちゃったー」

放課後。いつものバス停へ向かう帰り道で、並んで歩いている比奈実が、早速テンション高くそんなことを言い出す。

「へえ、よかったじゃん」

「そうなのー」

いつものように応じる美幸に、比奈実は世にも幸せそうな表情で笑いながら、ほっぺたに手を当てる。比奈実は普段から浮かれたような喋《しゃべ》り方をする子だったが、良いことがあった時には、些細《ささい》なことでもすぐに分かるくらい、あからさまに声や態度に表れるのだった。

「……で、どうするわけ？」

それに応《こた》えて、美幸《みゆき》は言う。

「えっ？」

「髪型《かみがた》。変えるの？」

「うーん……ほんとは明日《あした》からでも髪型変えたいくらいなんだけど……」

「けど？」

「すぐ変えたら、バレバレかなあ、って」

「確かに難しいところだねえ……」

眉根《まゆね》を寄せる美幸。二人はほとんど夜になっている学校からの帰り道を歩きながら、よくこんな風に、お互いの恋愛の話をした。

美幸は時に、思案げに。

比奈実《ひなみ》は「きゃー」などと、照れた声を交えながら。

昔から、そうだった。そして高校に上がった今も、二人には一年先輩《せんぱい》にそれぞれ好きな人がいて、何かにつけてその話題に花が咲いた。比奈実が好きなのは辰宮《たつみや》先輩。そして美幸は、大《おお》塚《つか》先輩。

どちらも軽音部の先輩で、比奈実も美幸も、軽音部の所属だった。

とはいえ進学コースの美幸は放課後も授業があるため、一般コースの比奈実と違って、ほとんど名前だけの所属だ。

終わりの二十分ほどに顔出しできる程度。だがそもそも最初に軽音部に入ったのは美幸の方で、比奈実は年度も後半になってから美幸を介《かい》して辰宮先輩を知り、先輩目当てにソフトボール部をやめて軽音部に入り直したのだ。

見た目に似合わずこつこつとギターを趣味にしてきて、進学コースなのに無理して部活をやっている美幸からすれば、呆《あき》れるやら感心するやらだ。

だが驚きはない。比奈実は昔から、概《おおむ》ねこんな感じだったからだ。

男目当てに部活を変えるくらい何でもない、恋に生きる衝《しょうどう》動的な性格。

美幸にはないものだ。いや、逆に美幸が持っている思慮《しりょ》とか常識とか打ち込む趣味とか勉強とか…………そういったものを何一つ持っていないからこそ、こういう個性になるのかもしれなかった。

「ね、ね、バッティングセンター行かない？　こういうウキウキしたことがあると、ウズウズして居ても立ってもいられなーいって感じになるんだけど」

「……あんたヤなことがあった時もバッティングセンターじゃない」

「そういう時はスカッとしたくてやるの。別腹だよー」

「『別腹』の使いかた違う。それにソフトボールやめたんでしょ？」

「やめたけど好きだもん。それにほら、軽音の練習になるかも知れないし」

「はあ？　練習？　どこが？」

「ほら、あの、ステージでギター振り回してドッカーン！　ってやつ」

「…………………やるなら自分でギター買ってやんなさいよ。あたしのギブソンに触《さわ》ったら殺すからね」

「あはは、まさかあ……」

万事、こんな調子。

いつも能天気で、時々羨《うらや》ましくなる。

とはいえ入れ替わって、今後一生比奈実《ひなみ》の人格になれと言われたら御免《ごめん》だ。羨ましくなることがあるのは、ほんの時々だけだ。

例えば……

「そうそう、今日ねー、来週辰宮先輩《たつみやせんぱい》が部の備品買いに行くって言うから、思わず『連れてって下さい』って言っちゃったのー」


こんな時。

プライドとか体裁《ていさい》とか周りの目とか、そんなものを気にせずに、比奈実が衝動《しょうどう》のままに行動できるということを目の当たりにした時だ。

「……へえ。で、どうだったの？」

「残念ー。別の用事で町に出るついでだから、また今度な、って」

「そう、そりゃ残念だったね」

「うん。でも『また今度』に期待しちゃうもんね。わたしも、絶対ですよー？　って」

ノリに任せて押せ押せだ。情景が目に浮かぶ。

もちろんこれはある意味自爆《じばく》体質とでも言った方がいいもので、これが原因で比奈実はそれこそ頻繁《ひんぱん》にトラブルを起こしたり恥をかいたりしている。美幸《みゆき》なら恥ずかしくて死ねる。しかし思案や躊躇《ちゅうちょ》なしにこういうことが言えるのは、時々羨《うらや》ましい。

つまり比奈実は恋愛に対しても、例えば『告白』に対するハードルも美幸より低いのだ。対して美幸はまだ男の子と付き合ったことはない。というよりも、『告白』そのものをしたことがない。

そもそも比奈実と違って、そうほいほいと人を好きになることもない。

今回の恋愛感情も小学校以来だ。そしてそんな思いをいざ心の底から勇気を振り絞《しぼ》って伝えて、断られようものなら、プライドの高い自覚のある美幸のことだ、さぞやショックは大きいだろう。

そんな状況を、想像するだけで苦しくなる。

なので、自分からはなかなか踏み出せない。

それを簡単に踏み出せる比奈実が羨ましい。

とはいえ、それでも時々しか羨《うらや》ましいと思わないのは、そのせいで比奈実《ひなみ》は失恋したり喧嘩《けんか》したりして、泣いたり落ち込んだりする回数も、とてつもなく多いからだ。

そんなことがあって比奈実が大泣きしているのを見ていると、いつもそれを慰《なぐさ》めながら、自分は自分のやり方でいいのだと再確認する。それに美幸《みゆき》もそうだが、比奈実も本当は、「好きだ」と言うよりは、言われたいと思っていると常々言っている。

ただ比奈実は性格的に、すぐに地道な忍耐が尽きるだけだ。

だから、

「美幸ー。そっちはどうなのよ。何か進んだ？」

こう比奈実に聞かれても、一応負《お》け惜しみでなくこう言えるのだ。

「まあ、ぼちぼち、ね」

美幸の努力は、比奈実とは違ってこつこつと自分を高めることだ。

進学コースの忙しい勉強をこなしつつもギターの練習をして、大学進学のレベルを落とすことなしに、部活にも貢献《こうけん》して自分の印象を強くする。

刹那《せつな》的な比奈実とは違って、将来を見据《みす》えるのを美幸は当然としている。

比奈実には悪いが多少の優越感もある。そしてこれは、美幸が好きな大塚先輩《おおつかせんぱい》と同じ道を進むことでもあった。

大塚鷹司《たかし》先輩と、辰宮春人《たつみやはると》先輩。

二人は共に一つ上の先輩で、小学校からの親友同士だそうだ。

大塚先輩はベースで、辰宮先輩はドラム。しかしいかにもバンドマン風の容姿と言動をしている辰宮先輩に対して、大塚先輩は眼鏡《めがね》をかけた真面目《まじめ》そうな容姿で、言動もやや寡黙《かもく》で、落ち着いていた。

まるで、美幸と比奈実。

そして大塚先輩も美幸と同じく、進学コースの人間だ。

しかしベースの腕《うで》もかなりのもので、辰宮先輩のたっての頼みで、人も腕も不足気味の軽音部の活動に参加している。「俺《おれ》が大学落ちたら春人のせいだぞ」と文句を言いながらも、受験勉強で忙しい中、律儀《りちぎ》に顔を出している。

あまり軽口は叩《たた》かないが、後輩《こうはい》相手にも面倒見《めんどうみ》がいい。

まず、その美幸と同じ状況に共感を覚え、やがて尊敬し、そして好きになった。

以来、毎日少しずつやっているギターの練習の動機に、大塚先輩に認められたいというものが加わった。少しでも大塚先輩の中で自分の存在を大きくしたいと、美幸は地道に頑張《がんば》っていたのだ。

「……すぐにあたしも、先輩に認められるくらい上達してやるから」

美幸は、淡々と決意を込めて言った。

「きゃー、がんばれー」

「ありがと。でもムカツク」

「ひどっ！　せっかく応援したのに！　でも家で練習できるのはやっぱりいいなあ。バイト代ためて私も買おうかな」

「……別にいいと思うけど、また飽《あ》きるならもったいないよ？」

「飽きないよお。最近面白くなってきたもん。……今度先輩《せんぱい》に、何買えばいいか相談してみようかな」

「目当てはそれか」

そんなやり取りをしていた頃は楽しかった。

ずっと続くような、そんな気がしていたのだ。

†

……〝軋《きし》み〟は、思いのほか早くに訪れた。

その最初の兆《きざ》しは新学年になって、美幸《みゆき》たちが二年生に、そして先輩たちが三年生になったことだった。

時間が想像以上に、もう残り少ないことに気づいたのだ。

進学コースの大塚《おおつか》先輩は、部活に顔を出す回数がさすがに目に見えて少なくなった。

「……今年の文化祭だけどよ」

二年の男子へと部長を引き継《つ》ぎし、高校生活の終わりを感じ始めた辰宮《たつみや》先輩は、自分たちにとって最後になる文化祭で、自分と大塚先輩を入れたライブをやりたいと言い出した。

もちろん誰も反対しなかった。美幸を含めた後輩《こうはい》たちもこれを盛り上げようと約束し、大塚先輩も「練習はほとんどできないと思うけど」と言いながら、それでも親友との高校生活最後の舞台に参加することは断らなかった。

美幸にとっても最後の大きなチャンスになるかもしれない舞台は、こうして決まった。

目指すは九月の文化祭。そしてこれは皮肉にもそのチャンスへと向けて決意を固めた美幸にとって、もう一つの大きな、〝軋み〟のきっかけになった。

比奈実《ひなみ》が——みるみるうちにギターの腕《うで》を上げ始めていたのだ。

結局自分用のギターを買い、それまでからすると意外なほど熱心に練習を始めた比奈実は徐々《じょじょ》に基礎を呑《の》み込み始め、一年生の終わり頃には皆との合わせに最低限ついて来られるようになっていた。

当然ずっと以前からやっている美幸には及ばないが、元々比奈実はカラオケも好きなので歌はそれなりに歌える。そして何よりも可愛《かわい》いし見栄《みば》えがするので、ボロが出ないようにギターパートを少なめにすれば、ギター＝ボーカルをさせることができるのではないかと先輩たちが考え始めたほどの上達ぶりだった。

つまり対比的に、部活動での美幸《みゆき》の存在感が大きく後退したのだ。

さらには時間の多くを受験に割《さ》いている美幸とは違い、比奈実《ひなみ》には充分な時間があった。差は開く一方だった。

そして六月に入り、文化祭へ向けて本格的な準備が始まった時。

とうとう先輩《せんぱい》たちは文化祭のプログラムに、比奈実をギター＝ボーカルに据《す》えた曲を一本入れることに決定したのだった。

「…………やったあ！」

比奈実はそれこそ、飛び上がって喜んだ。

そして勢いを得た比奈実は止まらなかった。熱やノリに浮かされやすい比奈実はその日のうちに勢いに任せて辰宮《たつみや》先輩への告白に及び、あっさりとＯＫをもらって、それこそあっという間に念願の彼氏彼女の関係へと漕《こ》ぎ着けたのだった。

その時の比奈実の無邪気《むじゃき》な浮かれようたるや、見ていられなかった。

今まで小学校の頃から何度も見てきて、そのたびに自分のことのように喜んできたはずの比奈実の喜びようを、美幸はこのとき、初めて見ていられなかった。

なぜならその美幸は――――文化祭のバンドのメンバーに、加えられなかったのだ。

新入生に美幸と似たようなレベルのギターが二人も入ってきて、練習にあまり参加できない進学コースの美幸よりもそちらが優先されたのだ。

いや、もうこうなれば、理由など、どうでも良かった。

どん底には変わりがなかった。これまでの美幸の密《ひそ》かで地道な努力が、積み上げが、ひいては自分そのものが、このとき完膚《かんぷ》なきまでに否定されたのだ。

一気に頂上に登りつめた比奈実の存在が、さらに惨《みじ》めさを加速させた。

比奈実は進学を目指していない一般コースのゆるいカリキュラムを毎日楽しみながら、その生まれつきの容姿によって自分の思いを遂げ、さらには美幸が地道に目指していたものまで、いとも容易《たやす》く手に入れたのだ。

しかもさらに言えば、美幸にとって『部活で活躍《かつやく》し認められる』というその目標は、中間地点に過ぎなかった。大塚《おおつか》先輩に認められ、好きになってもらうための遠回りな踏み台。しかしこれまで一生懸命《けんめい》に目指していたとはいえ、実のところ目的地に続いているのかも確実ではない、ただの中継点《ちゅうけいてん》だったのだ。

もっと先輩に褒《ほ》められれば、自信と勇気がつくだろうと。

そしてあわよくば、そうしているうちに向こうから好きになってくれて、告白されるようなことになるのではないかと。

そんな思いでこつこつと目指していた、回り道の最初の足場さえ比奈実《ひなみ》に取られた。

地道に、地道に積み上げてきた美幸《みゆき》の努力を、あっという間に比奈実は可愛《かわい》さだけで飛び越えて、そして美幸を突き落とした。


「…………………」


その日、その瞬間《しゅんかん》、美幸の世界が、軋んだ。

晴れて先輩《せんぱい》と彼氏彼女の関係になり、太陽のような笑顔で心の底から喜ぶ比奈実を前に、美幸は世界が翳《かげ》ったような、そんな感覚を感じていた。

比奈実の眩《まぶ》しい光によって落とされた濃《こ》い影の世界に、閉じ込められたような。

心の中と頭の中に重い影が流し込まれたように満ちて、目に見える世界の色合いさえも翳って見え、自分の手足や身体《からだ》がかき分ける空気にさえ重さを感じるような。

この日、自分の世界が、崩《くず》れた。

自分の信じていた真面目《まじめ》な努力が、踏みにじられた。

その日はひどく自分の感覚が鈍《にぶ》いまま、本当に嬉《うれ》しそうにしている比奈実と下校した。

ハイテンションに喜びを表現する比奈実と、何を言ったかほとんど覚えていない霧の中のような会話をしながら、いつものバスに乗って、バスを降りて歩き、「また明日《あした》ね」と別れて、家に帰った。

そして――――久しぶりに、泣いた。

悔《くや》しくて、悲しくて、惨《みじ》めで、もう何年も誰にも見せたことがない涙《なみだ》を、この日も誰にも知られることなく、自分の部屋の机の上で流した。椅子《いす》に座って机に俯《うつむ》き、歯を食いしばって泣いた。声を殺して、家族にも気づかれないように、目と鼻の奥に、焼けるような熱い感覚を感じながら、胸の中で煮えたぎるどす黒い感情を溢《あふ》れさせるようにしてすすり泣いた。

それでも、その涙をもってしても、世界を覆《おお》った影は洗い流されなかった。

楽しげな比奈実が、惨《みじ》めな自分が、自分の想いが、そして価値を否定された今までの自分の努力が、次々と胸の中に蘇《よみがえ》って胸の中を重く満たし続けた。

小さな部屋の中で、ぽつんと一人、泣き続けた。

自分の部屋。さほど広くない部屋を埋《う》める不釣合《ふつりあ》いなほど大きな本棚《だな》と、CDラックと、アンプとギターという、今まで自分の全《すべ》てだと思っていた物たちが、今は何の意味もないガラクタの山にしか思えなくなっていた。

自分のプライドが、その価値を完全に否定された。

子供の頃に読んだ、アリとキリギリスの物語など、嘘《うそ》だ。

人間は、きらびやかで楽しいものしか見ないのだ。誰も見ていない黒くて地味な努力など、報われることはないのだ。

今まで、地道に勉強してどれだけ報われた？

テストの点数が高くなったからといって、褒《ほ》められたからといって、少し嬉《うれ》しいだけだ。

勉強で、地道な努力で、あの比奈実《ひなみ》の心の底からの笑顔のように幸せになったことなど一度もなかったではないか。アリはただ働いて、働いて、暗い自己満足だけを友に、土の中で死んでゆくのだ。

その日は、眠《ねむ》れなかった。

夜の中、誇りを失い、信念を失い、砦《とりで》を失った自分の弱い心が、心の闇《やみ》に喰われ続けた。

夜が更《ふ》け、泣きはらして涙《なみだ》も出なくなった後も、勉強も、ギターの練習も、何もする気が起きなかった。

夜が明けても、世界はまだ、暗いままだった。

そして――世界が暗いまま、美幸《みゆき》の日々が過ぎた。

明るい比奈実は学校の行き帰りに毎日幸せそうに先輩《せんぱい》とのことを話し、やがて放課後デートのために、美幸と一緒に学校から帰る習慣をやめた。

それ自体は、幸せそうな比奈実を見ずに済むので美幸にとっても気が楽だった。しかしそうやって美幸が一人で下校している間にも、比奈実が先輩と楽しく過ごしているのだろうと想像すると、対する自分のみすぼらしさに心が引っ掻《か》かれた。

美幸と比奈実がそうだったように、大塚《おおつか》先輩と辰宮《たつみや》先輩も一緒に下校することが多い。

その中に比奈実が加わっていた。その中で比奈実が幸せそうにしているという事実が、胸の中が焼けるほど、羨《うらや》ましかった。

自分もその中に、入りたかった。

だが今のままの美幸では、何もしないままでは、到底届かない場所だ。

焦《こ》がれた。

生まれて初めて、心の底から、焦がれた。

幾度も夢想したその場所に、自分はいなくて比奈実だけがいる。

そして美幸は――――一つの決心をする。


「――――ね、ねえ、比奈実……お……お願いがあるんだけど」


その日、数日振りに比奈実と一緒に帰宅することになった帰り道で、美幸は胃の底から言葉を吐《は》き出すような思いをしながら、不意にそう切り出した。

「……ふぇ？」

さすがに比奈実の浮かれっぷりも少し落ち着いたのか、先輩との惚気《のろけ》もほとんどなかった途《と》切《ぎ》れ気味の会話の合間。バスを降り、そろそろ家も見えてくる頃になって急に切り出した美幸《みゆき》の言葉に、比奈実《ひなみ》は不思議そうな顔をして、「なに？」と美幸を見た。

「あ……あのさ……」

その視線に、美幸は口ごもる。

しばし言葉が出なかった。そもそも家に辿《たど》り着こうとしているこんな場所で話を切り出したのも、これまでの道中で、ずっと決心がつかなかったからに他《ほか》ならなかった。

言おうとして、できなくて、それを繰り返して、とうとうここでようやく口にできた。それだけでも屋上から飛び降りるような勇気と覚悟《かくご》を消費していたが、もう勇気がほとんど底をついたとしても、もう後戻りすることもできなかった。

「あっ……あのっ、あのね？」

「……うん？」

そしてまた、沈黙。

沈黙。胸の中で心臓がばくばくと脈打って、止まらなかった。

これから自分が言おうとしていることは、自分のプライドを抉《えぐ》り取ることにも等しいことだった。ある種の敗北宣言。それを言おうとしている緊張と心の痛みにきりきりと心臓を締め上げられながら、それでも美幸は心臓から搾《しぼ》り出すようにして、しかし可能な限り態度を取り繕《つくろ》って、軽い調子に見せかけながらその台詞《せりふ》を口にした。

「えっと…………頼みがあるんだけどさ」

「うん」

「比奈実、辰宮先輩《たつみやせんぱい》といる時……大塚《おおつか》先輩とも、結構一緒だったりする？」

「？　……うん」

比奈実は少し不思議そうに首を傾《かし》げると、肯定《こうてい》した。

「じゃ、じゃあさ……」

心臓が跳《は》ね上がる。

それでも、努めて、明るく、軽く――

「じゃあ、あたしも…………そこに一緒に行っちゃ、駄目？」

言った。これまでの見栄《みえ》も、自分の生き方に対して持っていたプライドも、ここ数日ではっきりと自覚した実は比奈実に対して持っていた微《かす》かな優越感も、何もかも全《すべ》てをかなぐり捨てて、美幸は比奈実へとそう頼んだのだ。

しかし――

「……………ごめんね。それ無理」

「……っ!!」

一瞬《いっしゅん》の沈黙の後、比奈実《ひなみ》の口から出た〝拒否〟に、美幸《みゆき》は胸の中身を抉《えぐ》られた。俯《うつむ》けていた自分の表情が強張《こわば》るのがはっきりと分かった。目を見開いて足元のアスファルトを見つめながらも、しかし実は何も見ていない視線が、宙を泳いだ。

そんな美幸の隣《となり》で、比奈実が急に歯切れの悪い口調で、何か言い訳のようなものを口の中で捏《こ》ね始める。

「え、えっとね……なんて言うか、そんなつもりじゃなくて……」

だが美幸はもう聞いていなかった。すぐさま顔を上げ、心の中に残った僅《わず》かな取り繕《つくろ》いを総動員して笑顔を作ると、そのまま虚《うつ》ろな勢いを力の限りに駆動《くどう》させて、軽薄《けいはく》な笑いと言葉とを口から溢《あふ》れさせた。

「……あ……あは、あははは、やっぱそうだよね、無理言ってごめんねっ」

思い切り笑い飛ばす、美幸。

「え……？　あ……」

「大丈夫大丈夫、そんなマジなつもりで言ったわけじゃないから。あはは、なにマジになってんのよ。気にしないで」

「……」

そんな美幸の態度に困惑《こんわく》しながらも、それでも明らかに、ほっとした表情になる比奈実。

そんな比奈実に、美幸は自分の胸を掻《か》き毟《むし》りたいような衝動《しょうどう》を押さえ込みながら、ひたすら明るく、無為な笑顔を向け続けた。とにかくこの場を誤魔化《ごまか》すためだけの取り繕いの笑顔と軽口を、逃げるように作って、まくしたてるようにたて続けにばら撒《ま》いた。

「もー、忘れて忘れて。真面目《まじめ》にとられると恥ずかしいじゃない」

「う……うん……」

「じゃあ、また、明日《あした》ねっ」

美幸は困惑顔《こんわくがお》の比奈実に明るくそう言うと、足早に比奈実を追い越す。

そうして最後にもう一度だけ振り返ると、美幸は比奈実に向かって手を振った。そしてそのまま背を向けて、自分の家へ向かう路地を駆《か》け足で曲がって――――比奈実の姿が見えなくなって家の前に着いた時、その頃には美幸の顔からは表情という表情が、完全に消えてなくなっていた。

†

絶望。

絶望。

絶望絶望絶望絶望絶望絶望絶望絶望絶望絶望。

望みが絶たれることは、まだ人間にとって本当の〝絶望〟ではない。

人に〝望み〟は必須《ひっす》ではない。未来への望みを失った人間が、さらに過去と現在の自分への誇りと自信と肯定《こうてい》とを全《すべ》て失った時、その時こそ人間にとって、本当の意味での〝絶望〟になるのだ。

美幸《みゆき》はまさに、〝絶望〟していた。

美幸は後悔していた。自分に、絶望していた。

自分でない他人に希望をかけ、それに縋《すが》ろうとした自分に、絶望していた。

これまで心の底では侮《あなど》っていた比奈実《ひなみ》を羨《うらや》んで嫉妬《しっと》し、そして何よりそんな相手のおこぼれに預かろうとして、にべもなく拒否された自分に、まさしく絶望的といっていい、羞恥《しゅうち》と幻滅とを感じていた。

あんなことは、言うべきではなかったのだ。

後悔していた。何で口にしてしまったんだろう？　と。

全ては自分が、絶対に比奈実に負けるはずがないと思っていた分野である部活の、文化祭のメンバーから外されたことが原因だった。そしてそれと、さらにそれ以上のものを全て比奈実が手に入れてしまい、それを羨《うらや》んで悩んで追い詰められて、そのせいで正しい判断ができなくなっていたのだった。

そして愚《おろ》かにも、僅《わず》かな希望に見えるものに、取り縋《すが》ろうとしてしまった。

その決断が最悪に間違っていたことに、美幸は比奈実に拒否された瞬間《しゅんかん》――もう致命的に遅いその瞬間に、気づいてしまった。

もう遅かった。全てが、終わりだった。

もう駄目《だめ》だった。今まで積み上げ、作り上げてきた自分は、おしまいだった。もう取り返しがつかなかった。

あれだけ偉そうにしていた自分が、どれだけ愚《おろ》かかを、知らしめてしまった。

恥ずかしさと後悔で吐《は》きそうだった。もう美幸は、自分がそうあろうとした理想とは似ても似つかない、弱くて愚かで醜《みにく》い、唾棄《だき》すべき人間に堕《お》ちてしまっていた。

せめて何も言わずに、密《ひそ》かにちっぽけなプライドにしがみついていれば、少なくとも自分を守ることくらいはできたのに。

馬鹿だった。

プライドを捨てた。

そんな自分を責め、軽蔑《けいべつ》した。

腐《くさ》った泥沼のように、重くて黒い後悔が、溢《あふ》れんばかりに、胸の中を満たした。

もうどんな顔をして比奈実《ひなみ》や先輩《せんぱい》と会えばいいのか、分からなかった。もしこのことが比奈実の口から先輩たちに漏《も》れて、これから自分がどう思われるかという、そのことを考えるだけで、心が切り刻まれるようだった。

そんな状況になった自分という存在を、心の底から嫌悪《けんお》した。

もう嫌《いや》だった。自分が。世の中が。自分への嫌悪と不快で胸がむかついて、心臓や胃の腑《ふ》の中身が、押し出されそうだった。


「…………………!」


美幸《みゆき》はそんな思いに苛《さいな》まれながら、両親が共働きのせいで誰もいない自宅に、幽鬼《ゆうき》のような表情で帰り着いていた。

微《かす》かに震える手で玄関《げんかん》の鍵を開けて家に入ると、鞄《かばん》をキッチンに放り出し、吐《は》き気に口を押さえながらバスルームに駆《か》け込んで鍵をかけた。

誰もいない家の中で、さらに誰もいない、小さな空間に閉じこもる。

戸を押さえ込むように磨《す》りガラスの戸に背中をつけて、ずるずるとずり落ちるように、冷たいプラスチックの床《ゆか》へと座り込む。

そして後頭部を背中の戸につけて、白い天井《てんじょう》を見上げて、思った。

こんな自分は――死んだ方がいい、と。

体面を失い、プライドを失い、これまでとこれからの自分の全《すべ》てが恥に変わった。明日《あした》、いつものように学校に行くという、そのことを考えただけで、憂鬱《ゆううつ》と羞恥《しゅうち》と不安に気が狂いそうだった。

「……………う……」

涙《なみだ》が流れた。バスルームを照らす、真っ白な蛍光灯《けいこうとう》の光が眩《まぶ》しく滲《にじ》んだ。

現実感のない世界。不安が膜《まく》のように、あるいは霧のように、自分の心を覆《おお》って、外の世界への現実感が失われていた。

ただ自分の心の中で渦巻《うずま》く、どす黒い絶望だけが、はっきりとしていた。

息が詰まる。胸に流れ込んだ絶望に、現実に、溺《おぼ》れそうになる。

死のう。死ぬべきだ。

自分が自分にとって、そして皆にとって、世界にとっても取るに足らない人間だと知ってしまった今、生きていることなど絶望でしかなかった。

目の前には、涙に滲む白いプラスチックの浴槽《よくそう》。昨日《きのう》の残り湯がそのままになっている、いつもは家に帰ると最初にこれを抜いて、新しくお湯を張るのが日課になっている浴槽。

自分の日常生活の、一つの象徴とも言える浴槽。

「…………………………」

美幸《みゆき》はゆっくりとその場所から立ち上がると、浴槽《よくそう》を覆《おお》う蓋《ふた》をずらすように開けて、無表情にその水面を見下ろした。

そして浴槽に注ぐ蛇口《じゃぐち》を一杯にひねり、水を注ぎ込む。重々しい水音と共に冷え切った残り湯に水が足され、水面が波打つ。徐々《じょじょ》に水面が縁《ふち》へと上がってゆく。

浴室一杯に響き、満ちる、重い水音。

鼓膜《こまく》を叩《たた》くようなその重い音の中で、じっと浴槽を見下ろして、立つ。

やがて水は浴槽の縁を溢《あふ》れ、側面を伝って床《ゆか》に流れ出す。溢れた水は、浴槽の下にあるささやかな溝《みぞ》ではすぐに受けきれなくなり、少しだけ浴室の床に水溜《たま》りにように広がって、傍《そば》に立つ美幸の靴下《くつした》を濡《ぬ》らす。

そして、美幸は——

、、、、、、、、、、、、、、、、、、、、、、、、、、、、、、
台所から持ち出した包丁を、自分の手首に思い切り突き刺した。

「————————!!」

ごりっ、という重い手応《ごた》え。手首に張り付く薄《うす》い肉を刺《さ》し貫いて、関節の骨に、神経に、包《ほう》丁《ちょう》が突き立つ激痛と感触《かんしょく》。

目の前が真っ白になる痛みと共に、肉を破り、筋と軟骨と骨に鉄の切っ先がごりっ、と食い込む。切《さ》り裂かれた肉が発する火がついたような痛みと、筋と神経が傷ついた悪寒《おかん》のような、おぞましい痛みが同時に全身を貫いて、鳥肌《とりはだ》が立って身体《からだ》が痙攣《けいれん》し、喉《のど》の奥から空気が漏《も》れるような細い悲鳴が漏れた。

「…………ぎっ……!!」

しかし目を見開き、歯を食いしばって、萎《な》えそうな腕《うで》にさらに力を込め、骨に突き立った包丁をごりごりとこじった。骨に突き立った幅広の鉄を動かして、骨を抉《えぐ》って肉を裂き、筋と神経を、ずたずたにかき回した。そのたびごとに身体が痙攣し、喉《のど》の奥から「ひひっ」と笑いにも似た悲鳴。歯を食いしばり引き攣《つ》った口元は、まるで笑っているかのよう。

抉《えぐ》られた手首の肉の裂け目から、泥水を湧《わ》き出させる湿地のように、みるみるうちに血が湧《わ》き出して手首からしたたり落ちた。今まで見たこともないほどの大量の血は手首から浴槽にぼたぼたと滴《したた》って、赤い煙《けむり》のように水に広がって、水があふれ続ける浴槽の縁へと引き寄せられていった。

「————ひひ……ひ…………!!」

目を見開き、涙《なみだ》を流して〝笑い〟ながら、血に塗《まみ》れた手首の肉と骨を抉り続ける。

溢れ続ける血。手首には肉が裂かれる、不快で熱い痛み。

対して全身には徐々《じょじょ》に脱力と、そしてうっすらとした寒気が広がってゆく。血は少しも止まらない。浴槽《よくそう》の水は、もはや透明な部分をほとんど失いつつあった。
そして――美幸《みゆき》は。

「…………」


やがて美幸は力尽きたように手首を抉《えぐ》る包丁《ほうちょう》の動きを止めると、血が溢《あふ》れ続ける手首を浴槽に差し入れて、そのまま浴槽に寄りかかるように、ぐったりと脱力して座り込んだ。

血で汚《よご》れた包丁を握った腕《うで》を、床《ゆか》に放り出して。

心臓の鼓動《こどう》に合わせて灼熱《しゃくねつ》する、水に入れた手首の痛みを感じながら、浴槽の縁《ふち》に乗った肩《かた》に、枕《まくら》のように頭を乗せて。

縁を流れて溢れる真《ま》っ赤《か》に染まった水が、制服を、スカートを濡《ぬ》らしていった。

身体《からだ》に感じる濡れた布と、水の感触《かんしょく》。

それほど冷たいとは感じない、ぬるい水の感触。しかし寒気は、身体の芯《しん》の方から、確実に強くなってゆく。

絶望の激情は、ようやく去っている。

感じるのは冷たい死の予感。このままこうしていれば、きっと死ぬことができるだろう。

浴槽の床に、真っ赤な水が広がって、排水口《はいすいこう》へ流れてゆく。生命《いのち》が流れ出す光景。その光景を、浅い呼吸を繰り返しながら、じっと眺《なが》める。

妙《みょう》に眩《まぶ》しい、滲《にじ》んだ白い光に満ちた視界。

そんな世界で、ゆっくりと時間が経《た》ってゆく。

いつまで待てばいいのかな。ぼんやりと考える。

寒いな。退屈だな。そして暇《ひま》つぶしを、思いつく。

†

『――留守番《るすばん》電話メッセージを、再生します』


『…………』

『あ、もしもし、比奈実《ひなみ》？　あたし、美幸だけど』

『今ねぇ、非通知でかけてるの。あんたの携帯、非通知だと鳴らない設定でしょ？　だから非通知なら、留守電になるかなあ……って思ってさ。だから、非通知で。うん』

『実はね……うちのお風呂場《ふろば》から、携帯でかけてるんだけど』

『手首、切ったの。死のうと思って』

『すごく痛くて、寒くて、ダルいんだけど、退屈でさあ……死ぬまでメッセージでも入れようかと思って。うん、退屈で』

『もう捨てるもの、ないしね……』

『ていうか、死ぬって寒いねぇ。目の前も、なんか眩《まぶ》しいし……』

『あれ？　暗いのかな？　よくわかんないや……』

『……もう助からないと思う』

『……寒い……震えが止まらない……』

『寒いなあ……』

『寒い……』

『……ねえ』

『何で私じゃなくて、あんたなの……？』

『…………』

『寒いなあ……』

『寒い……』

『寒い……』

『寒い……』

『寒……』

『…………………………………………………………』

†

「……………………………………っ!!」

耳に当てた携帯から聞こえてくるその留守電《るすでん》メッセージを聞いた時、比奈実《ひなみ》は耳から入ってくるそのあまりの内容に、自分の顔からさーっと血が引いてゆく感覚を、はっきりと感じたのを憶《おぼ》えている。

留守電に気づいたのはあれから家に帰って、夜になってお風呂《ふろ》に入っている時に、血相を変えた母親がやって来て、美幸《みゆき》が自殺を図ったと伝えられた、その後だった。

慌《あわ》てて先輩《せんぱい》に電話しようとした時に、気づいた。

そしてその、美幸の最後のメッセージを、比奈実は聞いた。

思わず、メッセージは消してしまった。

そして誰にも言わずに、隠《かく》した。

後で聞いたところによると、共働きの両親が帰ってきてお風呂場《ば》で発見された美幸は、病院に運ばれて、すぐに死亡が確認されたということだった。

遺書《いしょ》もなく、自殺の原因は分からない。
そういうことに、なっている。

「で、お葬式《そうしき》も終わってしばらくした頃――――この窓の向こうに美幸《みゆき》が立ってたんです」

3

比奈実《ひなみ》は言った。リビングの窓を指差して。

もう夜も遅い時間。比奈実は夕方に会った霊能者《れいのうしゃ》の二人と、自宅にいた。

そして自分の見たものを説明しながら、案内していた。あれから比奈実はあまりこの窓を見ないようにしていたが、この時ばかりは仕方なく、久しぶりにカーテンを開けた窓を前にリビングに立っていた。

実は自分の部屋のカーテンも、四六時中《しろくじちゅう》閉めっ放しだ。

夜にカーテンを開ける用事などほとんどないことが、比奈実にとっては幸いだった。

「えーと……ちょうどこの辺かな？」

雪乃《ゆきの》という美貌《びぼう》の少女は比奈実の説明に関心がなさそうだったが、蒼衣《あおい》という少年は、熱心に窓を観察していた。

そして、

「…………痕《あと》がある」

呟《つぶや》くように言った。こうして暗くなった夜を背景にして見るとよく分かるが、比奈実が美幸の亡霊《ぼうれい》を見た場所のガラスに、うっすらと水で汚《よご》れたような白い痕《あと》が残っていた。

まるで――ずぶ濡れになった女の子が窓に張り付いていたかのような痕が。

女の子が窓ガラスに額《ひたい》を当て、家の中を覗《のぞ》き込もうとしていたような痕が。

それが、あの記憶《きおく》が夢ではない証拠《しょうこ》。あのあと自分が悲鳴を上げた後は、ソファの上でタオルケットをかけられて寝ている状態で目を覚ましたのだ。

失神して、ソファに倒れ込んだらしい。

帰宅した両親には、うたた寝をしたと思われていた。

しかしうたた寝の夢だったら、どんなにか良かったことか。

「あれから……夜になると聞こえるんです。窓からあの〝音〟が、とん、って」

「ああ……それは……」

比奈実の説明に、蒼衣が同情するように表情を歪《ゆが》めた。

「それは……キツいですね」

「……うん……」

その反応だけでも、比奈実は少しだけ救われた思いになった。

泣きそうな思いになる。今まで自分だけで悩み続けて、誰にも相談できなかったのだ。あれから毎日、〝音〟が比奈実を悩ませていたのだ。

リビングで家族といる時に、窓から、とん、と音がする。

「……っ！」

比奈実《ひなみ》は、びくっ、とカーテンに意識が向く。しかし両親には聞こえていないのか、それとも気にしていないのか、全く注意を払わない。

リビングだけでなく自分の部屋でも、カーテンの向こうで、とん、と音がする。

「………!!」

悲鳴を上げたい気分になる。しかしその思いを押し殺して、下を向いたまま、絶対に窓に目を向けない。

お風呂《ふろ》に入っている時、曇りガラスの窓が、とん、と鳴る。

「…………………っ!!」

がたがた震えながら下を向いている。絶対に顔を上げない。お風呂場《ば》の曇りガラスには、カーテンなどついていないからだ。

窓を叩《たた》く美幸《みゆき》の亡霊《ぼうれい》は、家の周りをぐるぐる回っているようだった。

そして中に比奈実がいると、とん、と窓ガラスを小さく叩く。

つまりそこには、美幸が〝いる〟。

自殺し、まるで蠟《ろう》のように真っ白な顔をして、死んだ美幸が、そこに〝いる〟。

まるで、比奈実に家の中へ入れてもらおうとしているかのようだ。

夜が怖かった。一睡《いっすい》もできない日も多かった。

とうとう疲労のため、体育の授業で倒れて、保健室に運び込まれた。そしてその時、比奈実の様子を不審《ふしん》に思って相談に乗ってくれようとした友達がいて、その時にぽろっと本当のことを言ってしまったのだ。するとそれを聞いた友達が、別の友達を紹介《しょうかい》してくれた。

「……ああ、そういう話なら、リカだ」

そしてそのリカという友達の友達と電話で話をして、すぐさま霊能者《れいのうしゃ》を仲介《ちゅうかい》してくれることになって、今に至る。

少しは疑いもしたが、それ以上に弱っていた。ほとんど飛びついた。

やって来るのが、こんな人形じみて綺麗《きれい》な少女だとは思わなかったが。

その雪乃《ゆきの》は鋭い目を、窓の外に向けている。彼女について一つ気になる点があるとすれば合服《あいふく》の袖《そで》から覗《のぞ》く包帯《ほうたい》だ。美幸の自殺方法が頭をよぎった。

「あの……どう……でしょうか？」

比奈実はその雪乃に、そう、訊《たず》ねた。

聞けば少年の方は付き人のようなもので、実際に霊能者としての活動をするのは、こちらの雪乃らしかった。

一つ年下だと聞いてはいたが、立場と、そして雰囲気《ふんいき》に呑《の》まれてつい敬語になる。

雪乃はそんな比奈実を、微《かす》かに眉《まゆ》を寄せて見ると、逆に訊《たず》ねた。

「……もう一度確認するけど、今日は夜中まで、誰もいないのね？」

「あ……はい」

比奈実《ひなみ》は答えた。

比奈実の両親は、恋愛を至上の価値観にしている比奈実を育てた親らしく、今でも恋人のように仲が良く、月に一度夫婦だけで食事をして、夜遅くまでお酒を飲んで帰って来るという慣習をもっていた。

そう、最初に美幸《みゆき》の亡霊《ぼうれい》を見た時も、丁度《ちょうど》その日だったのだ。

だからいま両親はいない。今日この日を指定したのも、そのためだ。

「……そう」

雪乃《ゆきの》はそれだけ聞くと、頷《うなず》いた。

そして、

「準備するわ。着替えるから、どこか部屋を貸して」

そう言って提《さ》げたままの、古い革張《かわば》りのトランクを軽く持ち上げて見せた。

「あと打ち合わせするから、白野《しらの》君も」

「あ……うん」

呼ばれて、蒼衣《あおい》が顔を上げる。

そして蒼衣は、ふと比奈実の方を見ると、気を遣《つか》ったらしく大窓のカーテンに手をかけて、剝《む》き出しの窓を覆《おお》い隠《かく》した。

†

「…………」


雪乃と蒼衣が部屋を出て、リビングに取り残された比奈実。

不意に時間が空いた比奈実はソファに座って、その意識の空白を脳が埋《う》めようとでもしているように、ふと今に至るまでのことを思い出し、一人、物思いに沈んでいた。

全《すべ》ての原因になった、あの美幸の自殺のことだ。あの、憧《あこが》れの先輩《せんぱい》と付き合い始めて浮かれていたところからの急転直下は、あの留守電《るすでん》メッセージと相まって、比奈実にひどい罪悪感をもたらした。

ただそれは、浮かれている間に親友が悩んでいることに気づいてあげられなかったとか、そんな曖昧《あいまい》な理由ではなかった。

比奈実は美幸の自殺が――自分が原因だと、ほとんど確信していたのだ。

比奈実ははっきりと憶《おぼ》えていた。あの帰り道で美幸の頼みを断った時の、美幸が一瞬《いっしゅん》見せたあの表情を。美幸は気づかれていないと思っていたようだが、見ていた。何故《なぜ》なら罪悪感はすでに、あの断りの台詞《せりふ》を口にした時、すでに比奈実《ひなみ》の心の中にあったのだ。

その罪悪感の理由は、その数日前にあった、先輩《せんぱい》たちとの会話にあった。

実は比奈実は美幸《みゆき》に頼まれるまでもなく、美幸と大塚《おおつか》先輩を近づけられないかと、美幸の恋に協力できないかと、密かに考えていたのだ。

辰宮《たつみや》先輩と大塚先輩は、以前からスケジュールが合った時に一緒に下校したり、その途中《とちゅう》でファミレスや喫茶店《きっさてん》でダベリをしていた。比奈実は辰宮先輩と付き合いだしてから頻繁《ひんぱん》にその場に同席するようになったのだが、この場に美幸も一緒にいられたら楽しいかもしれないと思ったのは、比奈実も同じだったのだ。

機会があれば、それとなく大塚先輩に美幸に興味を持ってもらえるようにしよう、と。

あるいはせめて、美幸をどう思っているかくらいは、聞き出せればいいな、と。

そしてその機会は、思いのほか早くやって来た。

しかし——

「……ああ、有賀《ありが》さん？」

たまたまファミレスで美幸のことが話題に出た時、大塚先輩は、そのクールな風貌《ふうぼう》の眉《まゆ》を微《かす》かに寄せて、淡々と言ったのだった。

「悪いけど彼女は、ちょっと気持ち悪いな」

「！」

「ああいう根暗《ねくら》な子は好きじゃない。それに部活やってる時、ふっと目を上げたら必ず目が合うんだ。いい気分じゃない」

「そりゃ鷹司《たかし》、案外お前のことが好きだったりするんじゃねーの？」

「冗談《じょうだん》。前から思ってたけど、好みじゃないどころか、嫌《きら》いなタイプだよ。でも先輩の義務として話も指導もするし、差別はしない。春人《はると》に迷惑《めいわく》をかける気はないからな」

「…………！」

ぎょっとした。そしてそれを聞いた瞬間《しゅんかん》に、比奈実は計画を諦《あきら》めると同時に、この話は美幸には黙っておこうと決めた。大塚先輩の口ぶりからすると、比奈実と美幸が昔からべったりの親友だということを知らないようだ。つまりこの言葉は、大塚先輩の偽《いつわ》らざる気持ちだということは間違いなさそうだった。

というか、何となく納得していた。

昔から美幸は、比奈実と話す時だけはそれなりに明るいものの、普段は真面目《まじめ》で無口で地味な女子として、男子からは軽んじられていた。

大塚先輩に限ってそんなことはないなどと考えるのは、あまりにも虫が良すぎる。

黙っておこう、そう思った。大塚先輩にそう思われているなどと美幸に伝えても、無駄《むだ》にショックを与えるだけだ。

それに黙っていれば、きっと先輩が卒業してうやむやになる。

今まで美幸《みゆき》とは好きになった男の子の話は何度もしてきたが、昔から――小学六年の頃が最後の記憶《きおく》だが――美幸は男の子を好きになっても何も行動には起こさないで、そのままになることが常だった。

黙っていればいい。美幸は行動はしない。

黙ってさえいれば、そのうち単なる片想いの思い出になると、そう思って胸に秘めた。しかし美幸はあの日、こんな時に限って、あろうことか〝行動〟したのだ。先輩《せんぱい》との仲介《ちゅうかい》を比奈《ひな》実《み》に頼んできたのだ。

よりにもよって、こんな場合の時に限って。

聞いた瞬間《しゅんかん》心臓が跳《は》ね上がった。どう答えようかと、心の底から迷った。

迷って、迷って…………断った。そのとき比奈実は親友の美幸の頼みに応《こた》えるよりも、先輩たちとの関係を、悪くすることを恐れたのだ。


「…………ごめんね。それ無理」


かくして、美幸は命を絶った。

まさか死ぬとは思わなかった。罪悪感が残った。

しかしそれは、後悔ではなかった。どう考えても承諾《しょうだく》の選択肢《し》はあり得ない。だから後悔ではなく、罪悪感が残った。

夜、家で一人になった時などに、傍《かたわ》らの携帯に目が行って、ふとあの留守電《るすでん》を思い出す。

あるいは夜、お風呂《ふろ》に入っている時、お風呂場《ば》で死んだという美幸に、ふと思いが至る。

比奈実は自分のために、親友を見捨てたのだ。今でも脳裏から離れない、今まさに死にゆく美幸の声。

『寒い……』

何度も『寒い』と呟《つぶや》きながら、徐々《じょじょ》に消えゆく、美幸の声。

昔、美幸と話した会話を、ふと思い出した。

「比奈実さあ……あんたそうやって遊んでばっかりだと、そのうち将来『アリとキリギリス』みたくなるよ」

「えー、いいもん。楽しければいいもん」

「冬になって吹雪《ふぶき》の中で飢《う》え死にしても、あたしは容赦《ようしゃ》なく見捨てるからね」

「えー……」

いま考えてみれば、完全に立場が逆になっていた。

考えてみればこと恋愛に関して言えば、比奈実は努力を惜《お》しんだことはないのだ。

対して美幸《みゆき》は勉強や趣味ばかりに打ち込んで、恋愛に関しては、何もしていなかった。

比奈実《ひなみ》は外見を磨《みが》き、お洒落《しゃれ》を磨き、好意を持たれるように明るく頻繁《ひんぱん》に話しかけた。週末にバイトをしてバイト代を服やギターに費やし、美幸には『不純な動機』と言われるだろうが、少しでも先輩《せんぱい》の気を引けるようにと必死になって家でギターの練習をした。

だが美幸は、内面を磨けばいつか振り返ってもらえるのではないかと、勘違《かんちが》いしていた。

比奈実に言わせれば何もしていないに等しい。お洒落についていけないので早々に諦《あきら》めてファッションに気を使わず、恋愛とは関係ない勉強や趣味ばかりにうつつを抜かして、自分の立場や能力を地味に高めてゆくことばかりに傾倒していた。

比奈実の恋愛観とは、まるで違う価値観。

正直間違っていると思っていた。だが、それはそれでいいとも思っていた。

もしかすると昔から頭の良さでは敵《かな》わなかった美幸に、女として自分が勝《まさ》っていることに、どこかで優越感を持っていたのかも知れない。

そんなことにも思い至り、それもまた、罪悪感に拍車をかけた。

『寒……』

友達を見殺しにした、アリ。

わたしはアリ。見殺しにした友達への割り切れない思いを抱《かか》えて、日々を暮らす。

割り切れない思いを抱えたまま学校に行き、友人たちと笑い、放課後に先輩たちと笑う。

そして帰宅して家族と笑い合って、一人になった時は暗い物思いにふけるという、そんな毎日を、繰り返し過ごす。

そして――――そんな時に、美幸は窓の外に立った。

罰《ばつ》だと思った。恐ろしかった。だが負けたくなかった。死にたくなかった。

わたしは、何も悪いことはしてないはずだ。わたしは、そして美幸は、ただ『アリとキリギリス』に、なっただけなのだ。

わたしは、美幸がかつてそう言っていたのと同じように、容赦《ようしゃ》なく見捨てただけだ。

わたしは、美幸は、恨《うら》みっこなしで、立場が逆になっただけだ。

わたしは、勝《まさ》っただけのはずなのだ。

わたしは、
わたしは、
わたしは、
わたしは――――

、、
とん、

「…………っ!!」

瞬間《しゅんかん》、悪寒《おかん》が肌《はだ》を駆《か》け上がった。

全《すべ》ての言い訳も、強がりも、その瞬間に、残らず頭から吹き飛んだ。

ソファに座って顔を俯《うつむ》けたまま、全身が硬直《こうちょく》し、瞬《まばた》きもできずに目を見開いた。

聞こえた。こんな時に。窓ガラスに触《ふ》れる硬《かた》い音。見捨てられて死んだキリギリスが、アリの家の窓を、叩《たた》く音。

部屋の中には、たった一人だった。

俯けて固まった視界の端《はし》に、窓を覆《おお》う、カーテンが見える。

部屋には誰もいない。蒼衣《あおい》も雪乃《ゆきの》も。まだ準備のために別の部屋で、帰って来ていない。

ただ一人で、部屋の中。

あの時と、同じだ。

しん、

と静寂が、膨《ふく》れ上がるように、窓と部屋を満たしている。

怯《おび》えて身体《からだ》が硬直した。芯《しん》から震える。言葉が喉《のど》に詰まって、声が出せない。

ただ両の耳が、皮膚《ひふ》感覚が、動かない視界の端《はし》が、全《すべ》てカーテンへと、その〝向こう〟へと張り詰めていった。

しかし感じるのは、ただ静寂だけ。

窓はカーテンに隠《かく》されて、その姿を見ることはできない。ただカーテンの向こうに広がっているのは、先ほど〝音〟を立てたばかりの、深い沈黙だけ。

すなわち――あの美幸のいる、沈黙。

乾《かわ》いた口から、喉から、言葉がこぼれた。

「……み……ゆき……」

その〝音〟を、外にいる〝モノ〟を、初めてその名で呼んだ。

見殺しにした友達の名前。しかし〝それ〟をその名前を呼んだその瞬間――カーテンに隠された窓の向こうで、

とん、

と小さく窓を叩《たた》く音が、部屋の中に、応《こた》えるように、再び響いた。

途端《とたん》。

ぞおっ、

と生暖かい異質な空気が動く感触《かんしょく》が肌《はだ》に触《ふ》れて、背筋に悪寒《おかん》が走った。

「…………!!」

ねっとりと湿った温度の、冷房のあるこの部屋のものでは明らかにあり得ない、舐《な》めるような空気が、肌を撫《な》でたのだ。

風呂場《ふろば》の空気を腐《くさ》らせたような、異様な空気。

そしてその空気がどこから入って来たものかは、探すまでもなく、すぐに知れる。

視界の端《はし》に見えるカーテンの裾《すそ》が、ゆっくりと外から流れ込む生暖かい空気に乗って、内側へと向けて小さく揺れていたのだ。

、、、カーテンの向こうで、窓が開いていた。

閉まっていたはずの、鍵がかかっていたはずの窓が音もなく開いていた。

「…………!!」

息を呑《の》んだ。心の中で悲鳴を上げた。這《は》うようなゆっくりとした空気が外から部屋へと流れ込んで来て、生暖かく肌を撫《な》でて、そしてカーテンの裾をゆっくりと小さく持ち上げて揺らしていた。

「…………………!!」

微《かす》かに開いて、揺れるカーテン。

鳥肌が立つ。身体《からだ》がぴくりとも動かない中、眼球が視界の端のカーテンの裾を、痛むほどの横目で見つめた。

「…………………!!」

見る。揺れるカーテンの隙間《すきま》から、黒い夜の色が見えた。

そして――――

、、、、

目が合った。

カーテンの隙間から、夜を背景に濡《ぬ》れたような真っ白な〝顔〟が部屋の中を覗《のぞ》いていて、その大きく見開いた無表情な死人の目と、真正面から目が合ったのだ。

『…………………………………………………………………』

「────────────────────────────────

──────────────────────────────────っ!!」

その瞬間《しゅんかん》、爆発的なまでの恐ろしい沈黙が空間に満ちて、瞬《また》く間に全身の毛が逆立《さかだ》った。
心の中で声にならない恐ろしい絶叫が上がり、瞬時《しゅんじ》に心の中が、その絶叫によって一色に塗《ぬ》り潰《つぶ》された。凄《すさ》まじい悪意と狂気と密度を持った強烈な沈黙が毒のように皮膚《ひふ》を炙《あぶ》り、魂《たましい》を握り潰《つぶ》した。脳が焼けそうな凄《すさ》まじい恐怖に晒《さら》されてただ目を見開き、その〝顔〟と目を合わせたまま、魂が壊《こわ》れそうなほどの絶叫を心の中で上げ続けた。
「…………………!!」
真っ白な濡《ぬ》れた指が、カーテンの合わせ目を這《は》うように摑《つか》んだ。

しかしどうすることもできず、悲鳴で焼き切れそうなほど真っ白になった頭で、眼球がこぼれ落ちそうなくらいに目を見開いて、その奥にいる〝顔〟と目を合わせ続けることしかできなかった。

窓から家の中に、強烈な気配を持つ〝死人〟が進入して来る。

びしゃっ、と音を立てて真っ白にふやけた脚《あし》がカーテンの隙間《すきま》から差し入れられて、そこからフローリングの床《ゆか》に、水溜《たま》りが広がる。

ぼたぼたと、水滴《すいてき》がフローリングを穿《うが》つ音。

髪《かみ》から、顎《あご》から無数に水滴を垂らしながら〝死人〟が身を乗り出し、手を伸ばす。

生きた人間のものでは到底あり得ないほど白くふやけた指先が、目の前へと伸びてきた。

そして水滴を落としながら差し出された腕《うで》の、その手首がぱっくりと半ばまで切り裂《さ》かれて中身が覗《のぞ》いているのを見た時——————比奈実《ひなみ》の口からとうとう、本当の悲鳴が迸《ほとばし》り出た。

「いやああああああああああああああああああああああああ——————っ!!」

瞬間、黒い風が比奈実の横を駆《か》け抜けた。

何事かを認識する暇《ひま》もなかった。気づいた時には漆黒《しっこく》のドレスのようなものを翻《ひるがえ》した人影が暴力的な足音と共に比奈実の脇《わき》をすり抜けて、走り抜けた勢いそのままに、カーテンの間から侵入して来ようとしていた〝モノ〟にブーツを履《は》いた足で凄《すさ》まじい前蹴《まえげ》りを叩《たた》き込んだ。

湿った重い音が響き、水滴《すいてき》を撒《ま》き散らしながら吹き飛ぶ白い〝人体〟を、黒いドレスの人影が追いかけるようにカーテンを開け放つ。そのまま飛び降りるように庭へ。そこでそれが何者なのか、ようやく比奈実《ひなみ》は気がついた。

「あ……！」

鋭《するど》く厳しく研《と》ぎ澄まされた、美貌《びぼう》の横顔。

時槻雪乃《ときつきゆきの》。少女は漆黒《しっこく》を基調としたいわゆるゴシックロリータのドレスを着て、長いスカートと黒髪《くろかみ》を翻《ひるがえ》し、庭へと降り立った。

足元には、例えるなら毀《こわ》れた人体のような、白い屍肉《しにく》の塊《かたまり》。

すぐに〝それ〟が〝顔〟を上げる。〝手〟を伸ばす。しかし雪乃はそれらに一切構うことなく、〝それ〟を鋭い目で見据《みす》えたままで、左手首に巻いてあった包帯《ほうたい》を毟《むし》り取るようにして引きほどいた。

白い包帯が、夜の闇《やみ》の中に舞った。そして直後——

「————〈私の痛みよ、世界を焼け〉っ!!」

澄んだ裂帛《れっぱく》の声で叫ぶと、ぢぎぢぎぢぎっ、と凶暴《きょうぼう》な音を立てて伸ばしたカッターナイフの刃《やいば》を、自分の左腕《うで》に当て、思い切り強く引き切った。

「っ!!」

薄《うす》いカッターの刃がたやすく腕の皮と肉を切り裂《さ》いて、半ば以上腕の中に潜《もぐ》り込んだ。血管を切断し筋をなぞり、雪乃の身体《からだ》が、激痛に一度痙攣《けいれん》した。

瞬間《しゅんかん》。

『――――ぎゃあっ!!』

獣《けもの》じみた絶叫と水が蒸発する音、そして猛然《もうぜん》たる炎《ほのお》の音が吹き上がり、それと同時に夜の色に塗《ぬ》り潰《つぶ》されていた庭が瞬時《しゅんじ》に炎《ほのお》の色に塗り替えられた。

「!!」

息を呑《の》んだ。何があったか分からないが、庭に転がっていた屍肉の塊が、突如火柱とでも呼ぶべき強烈な勢いの炎に呑み込まれたのだ。空まで噴き上がりそうな爆発的な火炎《かえん》はガスバーナーにも似た炎の音を立てて、火をつけられた獣《けもの》のように転げまわる〝人体〟を舐《な》めるように執拗《しつよう》に焼き焦《こ》がす。

猛烈《もうれつ》な密度の炎の中で、もはや影にしか見えない〝人体〟。

髪《かみ》と肉と芝《しば》の焼ける臭《にお》い。そして炎と絶叫と火の粉を上げて暴れまわる〝人体〟を、火の粉が舞う中で、厳しい表情で見下ろすゴシックロリータの時槻雪乃《ときつきゆきの》。

しばしその異常でおぞましく美しい光景を、比奈実《ひなみ》は呆然《ぼうぜん》と見つめた。

そしてどれくらいだろうか、時間感覚の失われた世界の中でその光景を眺《なが》め続けた後、ようやくある程度正気を取り戻し、恐ろしいことに気がついた。


「……美幸《みゆき》っ⁉」


比奈実は悲鳴のような声を上げて、立ち上がった。

正確には立ち上がろうとして腰《こし》が抜け、立ち上がれなかった。

気づいたのだ。いままさに劫火《ごうか》に焼き尽くされようとしている〝人体〟は、他《ほか》の何ものでもない、比奈実の親友の成れの果てなのだ。

ここまでは望んでいなかった。ただ比奈実は、助かりたかっただけなのだ。

そして本心では、謝ることができるなら謝りたいとさえ思っていたのだ。

比奈実は庭へと手を伸ばし、這《は》って行こうと、床《ゆか》の上でもがいた。

「やめて……！」

そして叫びかけたところを、誰かに肩《かた》を押さえられた。

「！」

「危ないから、行かない方がいいと思います」

止めたのは蒼衣《あおい》だった。その蒼衣の腕《うで》を摑《つか》んで、比奈実は涙声《なみだごえ》で、訴えた。

「お願いやめさせて！　美幸が！」

しかし蒼衣はその人の良さそうな顔に、困ったような痛ましいような微妙《びみよう》な表情を浮かべて首を横に振った。そして静かな口調で、蒼衣は言った。

「えっと……あれは……違うんです。あなたの美幸さんじゃありません」

比奈実はその言葉に感情の糸を切られて、ぴたりともがくのをやめて、脱力《だつりよく》したように呆然《ぼうぜん》となった。

「え……？」

「なんていうか……あれは、霧生《きりゆう》さんのそういう思いを利用して取り憑《つ》いた…………えーと、そう、浮遊霊《ふゆうれい》みたいなものなんです。だから大丈夫です。あなたの美幸さんには、誰も酷《ひど》いことはしてません」

蒼衣は言った。

「もちろん、あなたもです」

そして目を細めて、付け足す。

「今みたいな気持ちがあるなら、たぶん本当の美幸さんも、許してくれると思います」

「……」

心の糸が切れた比奈実《ひなみ》はただ呆然《ぼうぜん》と、蒼衣《あおい》の顔を見返した。

「…………」

しばらく無言で見詰め合い、そのうちに蒼衣の表情が、困ったものになってきた。

しかし、さらにしばらくの時間が経《た》って、比奈実の心に言葉が沁《し》みこみ始めると——呼び水のように感情が次から次へと溢《あふ》れ出して、比奈実はその場で表情を歪《ゆが》めると、蒼衣にしがみついて思い切り号泣した。

「……う……うあ……！　うわああああああああああああああ…………っ!!」

比奈実は泣いた。後から後から感情が湧《わ》き出して、止まらなかった。

その感情を、全《すべ》て涙《なみだ》と声に変えてしまおうとするかのように、泣き続けた。

熱い目から熱い涙が流れ出して、頬《ほお》を、顎《あご》を、伝った。胸の中の感情が肺から吐《は》き出されてゆくかのように、声を上げ、吐き出して、ただひたすらに泣き続けた。

「……」

雪乃《ゆきの》が庭から、ブーツを脱《ぬ》いで、リビングに上がってきた。

そしてそんな蒼衣と比奈実の様子を見ると、左腕《うで》に新しい包帯《ほうたい》を巻き直しながら、僅《わず》かに表情を歪めて、吐き捨てるように言った。

「……物好きにも程《ほど》があるわね。死んだ人間の意思の勝手な代弁なんて、偽善《ぎぜん》と気休め以外の何物でもないわ」

「そうかもね」

そんな雪乃の嫌味《いやみ》に、蒼衣は困ったように笑った。

「でも雪乃さんも、今日は家を火事にしないようにわざわざ蹴《け》り出したんだよね？」

「……」

何を言っているのかとでも言う風に、雪乃の眉根《まゆね》が寄る。

「つまり、〝物〟か〝心〟か、方向性が違うだけで、同じように雪乃さんも気を遣《つか》ってる。ちゃんと優しいと思うよ」

「うるさい。殺すわよ」

蒼衣は苦笑して、話題を変えた。

「……終わった？」

「ええ」

……………

それから朝まで、記憶《きおく》は途切《とぎ》れる。

4

比奈実《ひなみ》が次に気がついた時、またソファの上で朝だった。

どうやら泣き疲れて、知らない間に眠《ねむ》ってしまっていたらしかった。

またタオルケットをかけられていた。両親に笑われた。ただ夢ではないことは確実で、庭の芝《しば》に焼け焦《こ》げた跡《あと》があったので、誤魔化《ごまか》すのが大変だった。

比奈実がお礼も言わない間に、二人の霊能者《れいのうしゃ》は姿を消していた。

仲介《ちゅうかい》してくれた友達の友達にもう一度連絡を取らせてもらったが、「お礼を伝えておく」とだけ言われて、結局それっきりになった。

あの〝音〟は、もう聞こえない。

あれは美幸《みゆき》ではなかった。比奈実の罪悪感につけこんで、他《ほか》の〝モノ〟が、比奈実を食い物にしようとしたのだった。

比奈実の、美幸に対する、罪悪感。

これを持ち続けている限り、また何かにつけこまれるかもしれない。

だが蒼衣《あおい》という男の子が言っていたように、本当に美幸は許してくれるのだろうか？　あるいは許してくれる日が、来るのだろうか？

何より、自分を完全に許せる日が、来るのだろうか？

わたしはアリ。見殺しにした友達への割り切れない思いを抱《かか》えて、日々を暮らす。
割り切れない思いを抱えたまま学校に行き、友人たちと笑い、放課後に先輩《せんぱい》たちと笑う。
そして帰宅して、家族と笑い合って……

†

夏の盛り、蟻《あり》が冬の食料を溜《た》め込むために働いていた。コガネムシ（異話ではキリギリス）はそれを見て、他《ほか》の動物が休んでいるときに働くのは何とも馬鹿らしいことだと驚いた。
蟻はその時黙っていたが、やがて冬になると食べものがなくなり、飢《う》えたコガネムシは食べものを分けてもらおうと蟻の家を訪ねた。それに対して蟻は言った。「君は私が汗水流して働くのをとやかく言ってくれたが、君もあのとき苦労していたら、いま食べものに困ることはなかっただろうにな」

——アイソーポス（イソップ）寓話

＊

「あれ？　雪乃《ゆきの》さん？」

「……盛り上がってるところ悪いけど、時間だわ。置いてくわよ」

自分の〝道具〟が入った鞄《かばん》を手に立ち上がった雪乃を、蒼衣《あおい》は慌《あわ》てて追いかけた。

いつの間にか日課の見回りに出る時間になっていた。蒼衣と雪乃は、毎日夕刻からしばらくの間、〈神狩屋《かがりや》ロッジ〉が受け持っているこの町と周辺都市を、一ヶ所ずつエリアを決めて訪れ〈泡禍《ほうか》〉の出現を監視《かんし》していた。

実質散歩のようなものだが、それだけでもないので神経も使う。

とにかく観察が大事だった。そして後は少しでもおかしなものを見つけたら、すぐさま首を突っ込む、お節介《せっかい》も必要になる。

「ちょ、ちょっと待って……」

「その必要がどこにあるの？」

バッグを拾いながら呼びかける蒼衣に、雪乃はさっさと店を出たところで振り返り、冷たく言い放った。

だが意識していないだろうが、答える辺りが律儀《りちぎ》で甘い。蒼衣はその間に追いついて、雪乃に並んで歩き出す。

「今日はどこ？」

「電車で下って三駅。その周辺にするわ」

「今日は勘《かん》？　ローテーション？」

「ローテーションの方よ。姉さんは何も感じてない」

雪乃は答える。普段は地区に順番を決めて見回っているが、時々雪乃の姉が何かを感じ取って、場所を変えることがあるのだ。

そんな時はかなりの確率で、〝何か〟に出くわす。

今日もまた〝それ〟でないことに、蒼衣は少し安心する。

蒼衣は言った。

「今日もなんにも起こらないといいね」

「……」

小さな意地悪。

雪乃は案の定、むっ、と蒼衣を睨《にら》んで、しかし何も言えずに、蒼衣を置いて行こうとするかのように足を早めた。

雪乃は、『復讐者《ふくしゅうしゃ》』だ。

一つでも多く〈神の悪夢〉との戦いに身をおいて、それを狩り尽くすのが雪乃《ゆきの》の望みだ。なのでいま続いている平穏《へいおん》は、雪乃にとって苛立《いらだ》たしい現実だ。蒼衣《あおい》はこの状況の中で少しは雪乃の針が『普通』に振れて欲しいと思っているが、なかなか雪乃のガードは固い。元々の真面目《まじめ》さが、この場面では良くない方向に働いていた。

そして、

『───ふふふ。だから言ってるのに。敵意《てきい》の渇《かわ》きを癒《いや》せるのは、敵意だけだって』

不意に囁《ささや》く、もう一つの雪乃を頑《かたく》なにするモノ。

世にも昏《くら》く楽しそうな少女の声。肌《はだ》に触《ふ》れる温度が下がるような笑みの気配と共に、雪乃とそっくりな、しかし対照的なほどに少女然とした影が、長い黒髪《くろかみ》とゴシックロリータの衣装を虚空《こくう》にたなびかせるようにして二人の背後に突如浮かんだ。

『敵意っていうのはね、与え合いだわ。向けてばかりじゃ渇《かわ》くし、相手から返って来ないと癒されないの』

雪乃の姉、時槻風乃《ときつきかぜの》の亡霊《ぼうれい》。

『あなたの敵意の向かう先は〈悪夢〉だけど、夢は敵意を返してくれないわ。もっとほら、身近にたくさん生きた癒《いや》しの泉があるでしょう?』

楽しそうに、風乃は言う。

『満たされるわよ？　敵意と敵意の与え合いは。まるで激しいキスのよう』

「……」

『一方的に与えるのも一方的に与えられるのも、不幸せだわ。与え、与えられてこそ幸福というものよ。違う？』

「……うるさい。そろそろ黙らないと殺すわよ」

雪乃は底冷えのする声で言い放つ。

「私は怪物と戦うために怪物になるの。学校なんていう虫籠《むしかご》の虫が、どんな声で鳴こうが興味はないわ」

くすくすと風乃は笑った。

『ひどいわね。お姉ちゃんの真似《まね》をする、可愛《かわい》い妹なのに』

「うるさい!!」

雪乃は、それきり黙殺する。

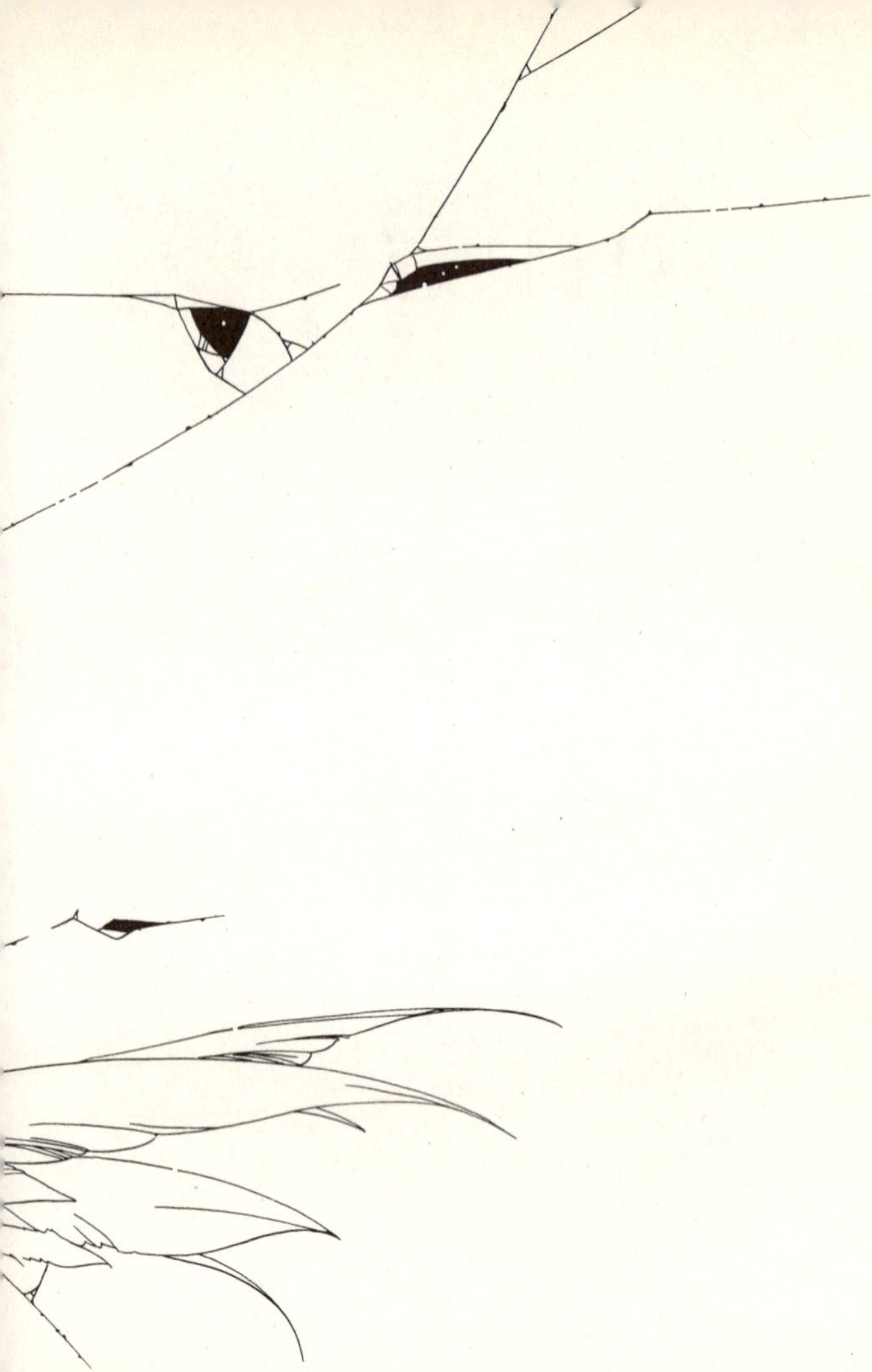

第三話　金の卵をうむめんどり

1

夜、お風呂《ふろ》から出て。
バスタオルで体を拭《ふ》いて。
パジャマを着て洗面台を見たら。
そこに置いておいたはずの指輪が失くなっていた。

「え…………うそ……」

みるみるうちに真《ま》っ青《さお》になる、風呂上りの少女の顔色。
消えていた。お風呂に入る前に確かにそこに置いたはずの、まだ中学生である彼女には釣《つ》り合わないデザインをした、小さな宝石の埋《う》まった金のリングが。

もちろん価格も釣り合わない。そして、サイズも。

高価で大人《おとな》びた、十三歳《さい》の少女の指には大きすぎるそのリングに、彼女はペンダントの鎖《くさり》を通して、いつも首にかけていたのだ。……こんなお風呂の時など以外は。

死んだお母さんの、形見の指輪なのだ。

大切な指輪だった。鏡に映る自分の顔が、ショックで蒼白《そうはく》になっていた。

鼓動《こどう》の激しい胸元を押さえ、必死で脱衣場《だついば》の床《ゆか》を見回した。籠《かご》を動かし、そして籠に入った洗い物の衣服をひっくり返して、棚《たな》の隙間《すきま》まで覗《のぞ》き込んだが、大事な指輪は影も形も見当たらなかった。

「そんな……！」

それでもなお、少女は脱衣場を探し回る。

必死さに引き攣《つ》った表情で、もうすでに探した場所を、またさらに細かい場所までをも、何度も何度も探し回った。

洗濯機の下を覗き込み、洗い物の衣服を広げ、ポケットの中を探った。洗濯機の中を探り、お風呂場の中まで探して、そんなところにあるはずもない高い位置の戸棚まで開けて、少女は形見の指輪を見つけ出そうとした。

それでも、ない。

失《な》くした⁉　そんな！　半ば涙目《なみだめ》で床《ゆか》を這《は》う少女。

濡《ぬ》れた髪《かみ》の毛が冷え切って、ひたひたと頬《ほお》に触《ふ》れている。だが少女の内心は、もはやそれどころではなかった。

大事な指輪なのに！　形見の指輪なのに！

頭の中は、それで一杯だった。

たった一つの形見なのに！　絶対なくしちゃいけないのに！

そんな焦《あせ》りや後悔のようなものが入り混じった恐怖に似た感情が、心と頭を埋《う》め尽くす。

それでも見つけられず、少女は床に手を突いたまま動きを止め、呆然《ぼうぜん》と呟《つぶや》いた。

「…………どうしよう……」

そうして部屋の中の動きが止まり、静かになった脱衣場《だついば》には、くぐもったリビングのテレビの音が漏《も》れ聞こえて、少女の耳に入ってきた。

まくしたてるような芸能人の声と、笑い声が入り混じった、下世話《げせわ》な趣味の夜の番組。

そしてそんなテレビの音に被《かぶ》さるようにして、はっきりと聞こえてくる、そんな番組を見る人間に相応《ふさわ》しい品のない笑い声。

『お母さん』の、笑い声。

お父さんの再婚《さいこん》相手。そしてその声を聞いた途端《とたん》、少女の頭の中に、不意に鎌首《かまくび》をもたげるようにして、強い疑惑《ぎわく》と確信が湧《わ》き上がった。

「…………」

無言でゆっくりと立ち上がる、少女。

鏡には血の気と表情が失《う》せた、自分の顔が映っていた。

短めで猫《ねこ》っ毛の濡《ぬ》れた髪《かみ》に、どちらかというと素朴《そぼく》な印象をした顔。

いまリビングで笑っている、あのけばけばしい女とは、どこにも似た部分を見出せない、自分の――――本当のお母さん似の――――古我翔花《こがしょうか》の、蒼白《そうはく》な顔。

…………

…………

†

一年と少し前にお父さんが再婚してから、翔花には友達の家で泣く習慣ができた。

家はもう翔花にとって安心できる場所ではなくなったからだ。それに何より自分が泣いているところを、何があっても、『あの女』に知られたくなかった。

なのでこの日も、翔花《しょうか》は近所にある親友の家に行って、彼女の部屋で泣き伏した。

もう夜も九時過ぎ。

あの脱衣場《だついば》での出来事の、すぐ後。

この一年の間で、通算すると九回目になる。

そしてそのうちの大半、つまり最初と今回を含む六回については、翔花が泣く原因になったのは、まさに他《ほか》でもない『あの女』なのだった。


「……う……ひっく……ごめんね……」

「いいよ翔花ちゃん。気にしないで」


そんな夜遅くに他人の部屋の床《ゆか》に座り込み、泣きじゃくる翔花の背を、当の部屋の主《ぬし》は嫌《いや》な顔一つせずにぽんぽんと叩《たた》いた。

同学年の少女。彼女はこの翔花の迷惑《めいわく》な習慣を、嫌がるどころか、心から案じていた。

彼女は小学校の頃から学年でも飛びぬけて目立っていたその美貌《びぼう》に、どこか生真面目《きまじめ》な性格が窺《うかが》える心配の表情を浮かべている。

一見近寄りがたい美少女だが、その実育ちが良くて真面目な彼女は、小学校の時ピアノ教室で出会ってから——誰にでも優しい彼女にとってはそうでもないかもしれないが——

少なくとも友達のさほど多くない翔花にとっては、一番の親友だった。

時槻雪乃《ときつきゆきの》という、珍しい苗字《みょうじ》をした同い年の少女。

一度打ち解けて友達になって以来、翔花は雪乃に、それこそ何でもと言っていいほど色々相談に乗ってもらっていた。

当然翔花の家庭の事情も知っていて、今もその上で心配し、慰《なぐさ》めてくれている。彼女は人から愚痴《ぐち》や相談を聞かされたり関わったりすると無下《むげ》にできない律儀《りちぎ》な性格で、翔花から見ると大変そうだが、当の彼女自身はそのことには無自覚なところがあった。

「私は何も言えないけど……つらいことは、聞いてあげるから」

「……うん。ありがと」

しかし色々と相談に乗ってくれている彼女も、ことこの話題に関しては、あまり踏み込んだことを言ったことはない。

話を聞き、慰めるだけ。そして翔花も、それ以上は求めていなかった。

無責任なことは言わずにただ愚痴を聞いてくれ、隠《かく》れて泣く場所を提供してくれている。

この雪乃の対応は十分理想的だ。所詮《しょせん》は翔花の家庭の問題であり、どうあっても雪乃には立ち入ることができないのだ。

結局は、翔花《しょうか》自身が解決するしかない問題。

「……絶対………絶対、あの女がお母さんの指輪、取ったんだ……」

「………」

彼女の家庭の問題。翔花はこれがあの女の犯行であることを、完全に確信していた。

「ちくしょう……！」

翔花は嗚咽《おえつ》の下から呻《うめ》くように、自分の感情に潰《つぶ》されないように憎悪の言葉を吐《は》き出す。強い感情を含んだ、熱っぽい涙《なみだ》が視界を焼いて、鼻の奥を突いた。そんな翔花の背中に雪乃《ゆきの》がそっと、手を乗せる。

「どこかに隠《かく》してるんだよ。あの女……許せない……」

「……」

「ちくしょう……うう、落ち着かなきゃ。落ち着かなきゃ……見つけられるものも見つけられない……！」

翔花はあの後、すぐさまあの女がいるリビングに怒鳴り込み、激しい怒鳴り合いと摑《つか》み合いをしたのだ。

そして家中を荒らすように捜索《そうさく》し、あの女の部屋と言っていい夫婦の寝室までをもひっくり返すようにして探し回った。しかし当然ながら指輪を見つけることはできず、激情のままに家を飛び出し、ここにやって来たのだ。

はらわたが、煮えくり返っていた。

あの女は翔花に引っ叩《たた》かれるまで、問い詰められながら、笑っていたのだ。

「ちくしょう……！」

「……」

歯軋《はぎし》りする翔花を見ながら、雪乃は無言だった。何も言わない。

無理もない。両親仲良く健在で、本人も真面目《まじめ》な良い子である雪乃には、何も言えないどころか、想像すら難しい話だろうと思う。

実母の死。

父親の再婚《さいこん》。

継母《ままはは》との確執《かくしつ》。

そしてその継母が行ってきた、先妻《せんさい》の形見の指輪を盗《ぬす》むほどの嫌《いや》がらせと、継娘《ままむすめ》に向ける露骨なまでの悪意に至っては、雪乃はもちろんのこと他《ほか》の人間でさえ容易には信じられないかもしれなかった。

ほとんどの人間は、翔花が『意地悪な継母』と言うと、おとぎ話を想像する。

だが少なくとも翔花にとって、『意地悪な継母』は、半年前から続いている実体を持った忌《い》まわしい現実だ。

「ひどいよ……」

この部屋に来た翔花《しょうか》は、最初はあまりの悔《くや》しさに歯軋《はぎし》りして泣き、そして今は指輪の行方《ゆくえ》を心配して、悲しみに暮れて泣いた。

家主の几帳面《きちょうめん》さが窺《うかが》える整頓《せいとん》された部屋に、乱れた嗚咽《おえつ》を響かせて、その嗚咽に言葉を詰まらせながら、途《と》切《ぎ》れ途切れに言葉を紡《つむ》いで心の中の絶望を訴えた。

「どうしよう……もしお母さんの指輪が見つからなかったら……」

訴える。想像するだけで奈落《ならく》を覗《のぞ》き込むような絶望を。

「もし見つからなかったら……壊《こわ》されたり捨てられたりしてたら………わたし、許さない。あの女を殺して……わたしも死んでやる……」

「翔花ちゃん……」

本気でそう思っていた。あの女に、本当のお母さんの形見を踏みにじられるくらいなら、刺《さ》し違えるくらい惜《お》しくなかった。それどころか当然の帰結だと信じていた。

「……お母さん……悔《くや》しいよ……」

そんな、母への想いと継母《ままはは》への思いを込めて、翔花は吐《は》き出す。

こんなことを言うのは雪乃《ゆきの》の前だけだ。他《ほか》の人——特にあの女の前ではとてもこんなみっともないことはできないが、親友である彼女の前でだけは、翔花は人目を憚《はばか》ることなく泣き伏し弱音を吐き憎悪《ぞうお》を垂れ流して、胸の内を吐き出すことができた。

ここは親友の、雪乃の部屋だから。

だが、その安心のせいで――翔花はうっかりと失念していた。この家に住んでいるのは雪乃だけではなく、他《ほか》にも彼女の家族がいるのだという、ごく当たり前の現実をだ。

とん、とん、

と不意に、足音が聞こえた。

「あ……」

「……！」

雪乃の短い呟《つぶや》き。無言の視線。慌《あわ》てて翔花は顔を上げた。開けっ放しの部屋のドアの向こうに、人影が立っていた。

相手と目が合った。しかし翔花はその瞬間《しゅんかん》、自分を取り繕《つくろ》うことを忘れた。

泣きはらした目でぽかんと見上げた。しかしそれは予期しないタイミングで急に人が現れたからではなく、部屋の前の廊下《ろうか》に立って翔花を見下ろしていたその相手の姿が、思わず目を疑うほどの現実離れした光景だったからだ。

ゴシックロリータに彩られた、現実感を失《な》くすほどの美しい少女が立っていた。

「…………………!!」

雪乃《ゆきの》によく似た、しかし幼さが削《そ》ぎ落とされている割れたガラスのように刺々《とげとげ》しい美貌《びぼう》が、切れ長の眼を射抜くように不機嫌《ふきげん》に細めさせ、廊下《ろうか》の薄暗《うすくら》がりに立って冷たく傲然《ごうぜん》と部屋の中を見下ろしていた。

それこそ物語の中でしか見ないような強烈な白と黒のコントラストを作る衣装が、退廃《たいはい》的とも人形的とも言える白磁《はくじ》の美貌を飾って目の前に屹立《きつりつ》していた。

雪乃の綺麗《きれい》な黒髪《くろかみ》よりもさらに長く美しい髪が静かに薄影《うすかげ》の中に息づき、そこに結ばれて共に流れている黒いレースの黒いリボンが、悪夢じみた少女性の色気に仕上げをする形でその存在を儚《はかな》くも強く主張していた。

近寄りがたいなどという印象を通り越して、魂《たましい》が喰われるような荒《すさ》んだ美。

まさに文字通り魂を喰われて、翔花《しょうか》は自分の状態も何もかもを一瞬《いっしゅん》忘れ、真っ白になった頭で、呆然《ぼうぜん》と〝その存在〟を見上げた。

「…………!!」

「…………………」

その少女は恐怖さえ感じるほどの沈黙でしばし少女を見下ろしていたが、今まさに責め苦を加えていた犠牲者《ぎせいしゃ》から興味を失った魔女のように、すぐにふいっと翔花から視線を外した。そして雪乃の部屋の前をすうっと通り過ぎると、隣《となり》の部屋のドアを開け、閉じる音が廊下の向こうから聞こえて来た。

「…………………………」

「…………………………」

一瞬にして降りた、異様な沈黙。

やがて雪乃がぽつりと、小さな声で呟《つぶや》いた。

「お、お、お姉ちゃん……」

その声は優しい雪乃が幸せな家族に向ける言葉としては似つかわしくない、困惑《こんわく》や隔意《かくい》の入り混じったものだった。

幼馴染《おさななじみ》同然と言ってもいい親友の雪乃。しかしその関係にも関わらず三歳《さい》年上だという彼女の姉とは、今まで数回ほどしか見かけたことはなく——これほど間近で顔を合わせるのは、翔花も初めてのことだった。

2

時槻風乃《ときつきかぜの》は、十六歳《さい》になる。

本来ならば高一。だが学校には行っていない。

小学校の頃は孤立していじめに遭《あ》い、煩《わずら》わしいので中学校から皆に合わせることにした。そして演技によって窮屈《きゅうくつ》な平穏《へいおん》を手に入れたものの、そのまま高校に上がった時に、クラスメイトが中学校以来のいじめグループと同じクラスになったことが原因で自殺して、それを見てから学校という牢獄《ろうごく》の不条理に合わせるのが嫌《いや》になって学校に行くのをやめた。


時槻風乃は、『ゴス』である。

ゴシックロリータと呼ばれる服装を好み、それを着て平然と表を歩く。

しかしファッションとしてゴスを好む人間は少なくないが、彼女の場合ファッションは付属物に過ぎない。

彼女はその精神性において『ゴス』だった。彼女の生と日常は、そのほとんど全《すべ》てがいつか必ず全てに訪れる死と、それを前提にした命と、世界への思索《しさく》、及びそれらへの耽溺《たんでき》と苦悩に費やされているのだ。…………物心ついた頃から。

時槻風乃は、知っている。

この世界と全ての存在は、常に『痛み』という火によって、焼かれ続けている。

幼い頃にマッチの火をつけて火傷したという、誰にでもありそうな経験。その経験から、賢《さか》しく感受性の強い幼女だった風乃は、火が危険なものであるということではなく、火という物の本質は『痛み』であると学んだ。

大人《おとな》はそれを『熱い』であると風乃に教えたが、それは風乃には大きく本質を外した錯誤《さくご》か欺瞞《ぎまん》に思えた。

あの感覚は、どう考えても『痛い』以外の何物でもない。

きっと人は、『熱い』という言葉を発明したせいで、この火という現象が人体に与える感覚の本質を見失ってしまったのだと思った。そしてその幼い頃に感じ取った、世界が抱《かか》えているに違いないと思った重大な錯誤は、その後に風乃の日常を占めることになった思索において、たびたび主題になり続けた。

火は、『痛い』もの。

だが多くの人間は、それを違うものだと思っている。

そして後に経験した、高熱で苦しみ、やがて冷たくなった、祖父《そふ》の死。

それら経験を経て、風乃の中で燻《くすぶ》り続けていたこの『火』と『痛み』への思索は、やがて醸《じょう》成《せい》されて、一つの結論に至った。

つまり『火』とは――――『痛み』の精髄《せいずい》なのだ。

その『痛み』とは――――『生命』そのものなのだ。

そして世界は常に――――『痛み』によって炙《あぶ》られているのだ。

例えば『温かさ』が、本当に大人《おとな》の言うように弱くゆるやかな『熱さ』ならば、この自分の胸に触《ふ》れることで感じる温かい生命とは、すなわちゆるやかに続く『痛み』の道行《みちゆき》に他《ほか》ならないのだ。

木が火に焼けるように。紙が日に焼けるように。

人間は、そして全《すべ》ての生きとし生けるものは、身の内に宿した命という『痛み』によって、死という名の灰に燃え尽きるまで、肉体を蝕《むしば》まれ続ける燻《くすぶ》る熾火《おきび》なのだ。

きっと『熱い』という言葉は、人間が自分の生命に疑問を抱《いだ》かないように、その悲惨な事実を覆《おお》い隠《かく》すために誰かが作った全人類に対する優しい欺瞞《ぎまん》なのだ。

優しい、しかし欺瞞。

風乃《かぜの》が愛し憎《にく》んでいる、優しさと、欺瞞。

時槻《ときつき》風乃は、激しい感情と感性の生き物だ。

ただし笑うことはない。激しく怒り悲しむ。例えどれだけ冷たく見えても。

この日も風乃は、また母親がどこからか呼んできた新しいカウンセラーと面談して口論になった。そして憤然《ふんぜん》と応接間を出て自室に閉じこもった後、激昂《げっこう》から反転した奈落《ならく》のような落ち込みと不安に襲われて、衝動《しょうどう》的に机の上に置いてあった赤い柄《え》のカッターナイフを取り上げると、ちきちきと目一杯に刃《やいば》を伸ばした。

「……」

深い呼吸。暗く据《す》わった目。

風乃はそのまま右腕《うで》に巻かれた白い包帯《ほうたい》をおもむろに解くと、まるで俎《まないた》に魚を横たえるようにして、その腕を黒檀風《こくたんふう》仕上げのされた机の上に置いた。

新旧のリストカット傷が、目盛りのようにびっしりと刻まれた白い肌《はだ》。

そのままカッターの冷たい刃を、ひた、と腕の内側の皮膚《ひふ》に当てると、薄《うす》く鋭い刃は皮膚に当てただけで、ちく、と微《かす》かな痛みを発した。

「……んっ」

そのまま刃を、薄く横に引く。

肌《はだ》の上のちくりとした痛みが横に引かれて、肌を引っかけるように切り裂《さ》いて、びりっ、と鋭い痛みが走った。

カッターの薄刃《うすば》が皮を切り、薄く切り開いた肉の中を、神経に触《ふ》れながら「ずずっ」と動く感触《かんしょく》。

そしてその痛み。最初の電気のような痛みが、そのまま傷口周辺の肉を焼くような熱い痛みに変わるのを感じながら、風乃《かぜの》は血が滲《にじ》み出してあっという間に赤い筋に変わったその傷の近くに、再びカッターの刃《やいば》を当てて横に引いた。

すうっ、と刃が滑《すべ》り、瞬間《しゅんかん》、びりっ、と痛みで指先が痙攣《けいれん》する。

じわ、と傷口が熱くなる。はあ、と口から、溜息《ためいき》が漏《も》れる。

その溜息は熱っぽい。痛みのせいだが、安堵《あんど》のようなものも深い。

つい先ほどまで、狂おしいほど自分の中に荒れ狂っていた、自分を傷つけたいという衝動《しょうどう》が、みるみるうちに収まって自分が取り戻されてゆくのを感じているからだった。

「…………」

ぼんやりとした自分の肉体と、その命に、痛みが形を与える。

熱く痛む傷口から血が流れ出し、机の上に大きな水滴《すいてき》を作る。

肌《はだ》の上を生暖かい血が流れ落ちる感触《かんしょく》と、それが机に触《ふ》れて冷やされてゆく感覚。

目を閉じて、自分を苛《さいな》む痛みに身と心を任せ、胸の底から溜息《ためいき》をついた。肉体の痛みが、心の痛みを癒《いや》してゆくのが心地よかった。

それが例え——

例え祖父《そふ》の病室で見た、末期癌の痛みに麻薬を投与するのと同種の安らぎであっても。

傷口で灼熱《しゃくねつ》する痛みを肌と心で感じながら、風乃は心の中で深く思う。

火は痛み。

痛みは命。

手首に命を感じながら、風乃はその人形じみて整った眉間《みけん》に、苦痛と陶酔相半《とうすいあいなか》ばの皺《しわ》を寄せて目を細め、自分の部屋の天井《てんじょう》を見上げた。

奈落《ならく》のように、真っ黒に塗《ぬ》り潰《つぶ》された天井を。

正確には風乃自身が、魔女のマントのように黒い布を一面に張りつけた、洋室の天井を。

ある日に天井を見上げて、頭上から降り注ぐ蛍光灯《けいこうとう》の光が眩《まぶ》しいことが我慢《がまん》ならなくなったのだ。以来、元は白かったこの部屋の天井は、夜にも似た色の布に覆《おお》われて、ひとたび外で日が落ちれば、机とベッドサイドに置かれたシェード付きランプの黄色っぽいかすれた光だけが部屋を照らす光源になった。

あのとき蛍光灯が我慢ならなくなった理由はもう忘れたが、今の暗鬱《あんうつ》なこの部屋を、風乃は気に入っていた。

元の白い壁に、黒い天井、黒い床《ゆか》マット、そして黒いカーテンと黒い家具。

葬式《そうしき》じみた色をしたこの部屋は、風乃にとって安らぎだった。少なくとも母親がどこからか連れて来ては、目に見えた効果がないと見るや、とっかえひっかえ入れ替える、得体の知れないカウンセラーたちなどより遙《はる》かに精神の安定のためには良かった。

彼らを追い返している張本人の風乃《かぜの》が言うことではないが、こんなやり方で効果が上がるわけがない。彼らのホームであるカウンセリング室ではない個人宅に呼びつけられて、反抗的な患者《かんじゃ》と対面させられ、効果が見えないとなるや首を切られる。

薬はいつも、風乃自身が注文して、言うままに持ってくるような始末だ。

厳格で心の病などに理解がない、小さいながらも会社を経営している母は、こういうやり方でしか風乃という娘《むすめ》の、心の異形《いぎょう》に対処できないのだ。

厳格な経営者の母と、温厚な公務員の父。

そして三つ下の雪乃《ゆきの》。これがこの家に暮らす、家族の全《すべ》て。

たった四人の家族の中に存在する、たった一人の心の怪物。

風乃という存在は、裕福《ゆうふく》で幸福なはずのこの家族に、唯一にして致命的な影を、暗く深く落としていた。

「……はあー……」

自らを傷つけ血を流し、深く安堵《あんど》の溜息《ためいき》を吐《つ》く風乃。

家族に巣食う黒い癌《がん》。自覚はある。風乃は風乃なりに自分の家族を愛していたし申し訳ないとも思っていたが、風乃は自分の本質である情動を、どうしても抑《おさ》えられなかった。

いや、抑えてみたことはある。中学校から高校入学にかけての演技だ。

少なくともその中学校から今までの演技の間、両親は風乃が幼い頃から示していた異常な精神性が治ったと、そう思っていたはずだ。

実際は、何も変わっていない。

風乃は感じていた『生き辛《づら》さ』がなくなるならいつまでも演技を続けてもいいと思っていたが、結局この『欺瞞《ぎまん》』は、風乃に何の安らぎも与えなかった。

だからやめた。

心の異形のままに生きることにした。

今や近所で自殺や通り魔《ま》のような事件が起こり、家に風乃の姿が見えないと、両親は風乃が犯人ではないかと疑って、心配するような馬鹿げた始末だ。

腹立たしい。そして、申し訳ない。

両親が嫌《きら》いだった。そして同時に、罪悪感も感じていた。

しかし風乃の本質は、この家族への罪悪感さえもひどく歪《ゆが》めていた。

両親や妹が自分の存在に思い悩むことに対して、風乃が自然に思うことは、謝罪でも改善でもなく、己の存在への罰《ばつ》として己の心身を傷つけることばかりだった。

それがさらに家族を困らせることとも、理解している。

だがそれに対しても、風乃が考えられることは己を傷つけて罰することだけ。

風乃の世界には、常に痛みと死があった。風乃にとって、この醜悪《しゅうあく》で歪《ゆが》んだ世界の中で、痛みと死だけが、常に優しく平等なものだった。

痛みと死、すなわち『悲劇』。

風乃《かぜの》は思う。世界は醜悪《しゅうあく》すぎる。そして、自分も。

少なくとも風乃の生きてきたこの世界は醜悪で、吐《は》き気がするような出来事と人間ばかりが溢《あふ》れている。

そんな世界へ胸が悪くなる思いに比べれば、胸が割れるような悲しみの方がマシだ。少なくとも泣き叫んでいる間は魂《たましい》は癒《いや》される。

風乃にとって『ゴス』とは、泣き叫ぶ行為に似ている。

全《すべ》てが、痛みに焼かれればいい。

火がついたように生まれた赤ん坊が泣き叫ぶのは、きっと命という悲劇に焼かれているからに違いない。焼くような光と熱を世界に降り注がせる太陽は、きっと己の発する凄《すさ》まじい痛みのために、とっくに発狂しているに違いない。

――私の痛みよ、世界を焼け――

風乃は自分の腕《うで》を熱く苛《さいな》む、すっかり常習化したリストカットの痛みを、あたかも麻薬を吸うように深く味わいながら、ぼんやりと、そう思った。

だが死んでしまうほど、あるいは自分で処置ができなくなるほど、深く切ることはない。

別に死にたいわけではないし、かつて一度だけ深く切ったことがあるのだが、その時に救急車が来る騒《さわ》ぎになって、その結果自分の部屋を他人に踏み荒らされたことが風乃にとっては何よりも我慢《がまん》ならなかったのだ。

3

「じゃ、じゃあ……もう、帰るね」

「あ、うん……」

毒気を抜かれたようになって、雪乃《ゆきの》の家を後にした、翔花《しょうか》。

そして一人とぼとぼと自宅に帰宅し、こっそりと玄関《げんかん》を開けた翔花を待っていたのは、いつの間にか帰宅していた父親の叱責《しっせき》と、その後ろに立った継母《ままはは》の、あの勝ち誇ったような憎々《にくにく》しい顔だった。

「……翔花。お前、いま何時だと思ってるんだ？」

すぐさま翔花の帰宅を察知した父親は、すぐさまリビングから廊下《ろうか》に出て来て、翔花を腕組《うでぐ》みして待ち構え、言った。

縁《ふち》なしの細眼鏡《ほそめがね》をかけた理知的な父親の顔。しかし翔花《しょうか》は、その眼鏡が他《ほか》ならぬあの女の趣味だと知っているので、それを見ただけで反発が心に浮かび、素直に説教を聞く気はもう一切なくなった。

「……十時半。それが何？」

ふてくされたように、翔花は言う。

「常識を考えなさい」

反抗的な態度の娘《むすめ》に対して、父親は理性的な態度を作ったまま応じた。

「また時槻《ときつき》さんの所か？　よその家に迷惑《めいわく》だろう」

せめて「夜に出歩くのは危ない」くらいは言えなかったのかと、翔花はそれを聞いて暗い気持ちで思う。

実の娘を心配しないで体面を気にしているわけだ。翔花は父の顔と、そしてそれ以上にあの眼鏡《めがね》と、そしてそんな父の肩越《かたご》しに見える継母《ままはは》の笑った目を見たくなくて、苦々しく目を逸《そ》らした。

「こら、こっちを向きなさい」

「……やだ」

翔花に言えるのは、それだけ。

「小さな子供みたいなことを言ってるんじゃない」

見たくない。しかしそんな実はどろどろとした根深い理由に基づいた反抗を、父は子供じみた我儘《わがまま》とだけ捉《とら》え、諭《さと》すように叱《しか》った。

「お前はもうお姉ちゃんになるんだぞ」

「……」

分かってない。お父さんは何も分かっていない。

あまりにも的外れだ。翔花はもう耳を貸す気はないとばかりに、振り切るようにして、父親の脇《わき》を擦《す》り抜けようとした。

「待ちなさい」

それを呼び止め、父が肩を摑《つか》む。

「っ！」

翔花は無言で振り払う。怒らせてもおかしくない親に対する乱暴な態度だったが、翔花は自分の父親が、それ以上の実力行使には出ないことを知っていた。

元々父は理性的な志向で、暴力を振るうような性格ではない。

そして理由はそれだけではない。父は翔花が継母との再婚《さいこん》を認めていないことを知っているので、再婚以来始まった翔花の素行については、決して強くは言えないという負い目があるのだった。

なのに――

それなのにその点を理解していながら、どうして翔花《しょうか》の気持ちにもあの女の本性にも気づいていないのか、翔花は理解できなかった。

この状況についてもだ。父は翔花の素行が再婚《さいこん》を境にして悪化したように思っているが、それは過剰なイメージだった。あの女が父に事実を曲げたことを吹き込んで、印象を操作しているからだ。

しかし巧妙《こうみょう》にも事実を基にしているので、弁解しても言い訳としか取られない。

今もどうせ帰宅するなりあの女に何かを言われて、今日の翔花の行動についても、何か予断を持っているに違いなかった。

だから父と話すことなど、何もなかった。

翔花は父を振り切って廊下《ろうか》を進み、自分の部屋へと向かって、部屋の戸を乱暴に開けた。

そして、

ばしん!

と追ってきた父親の目の前で、戸を閉め切る。

襖《ふすま》っぽい作りの洋戸で鍵もなく、さらには両親の寝室とも戸を一枚隔《へだ》てただけの部屋が翔花の自室だが、そんな板切れ一枚に締め出された父親は、しかしそれ以上深入りしようとはせず廊下で溜息《ためいき》と共に、何か愚痴《ぐち》っぽい言葉を自分の『妻《つま》』へと漏《も》らしただけだった。

またきっと「女の子は難しい」だとか、この再婚問題から目を逸《そ》らした、ありがちな問題に摩《す》り替えた言葉だろう。

翔花が暴れたことにも触《ふ》れない。あの女と翔花の双方《そうほう》に気を遣《つか》って、問題に触れないようにしているのだ。

しかし気を遣っているつもりなのは父だけで、あの女も翔花も、完全に自覚的だ。

父一人だけ何も知らない。これは多感な年頃の娘《むすめ》が始めた再婚に対する反発などではなく、あの女が始めた完全に翔花を叩《たた》き潰《つぶ》すまで続く戦争で、今や翔花は家の中でたった一人だけで〝お母さん〟を守るための絶望的な戦いを続けているのだ。


——お母さんが可哀想《かわいそう》だ……！


翔花の思いは、ただ一つ、それだけだった。

お父さんは気づいていない。お父さんがこの問題から目をそむけるということは、娘の翔花だけでなく、〝お母さん〟から目をそむけているのと同じことなのだ。

この世でたった一人、唯一の存在である〝お母さん〟。

そして父にとってもこの世でたった一人の人間であって欲しかったと、翔花《しょうか》が願った、唯一にして無二《むに》の人物。

しかし翔花も、別に最初から感情的反発を始めたわけではないのだ。

当初から派手《はで》な印象の美人であるあの女に悪印象を抱《いだ》いていたものの、翔花は再婚《さいこん》には賛成した。仕方がないと思った。

だがそれも再婚が本決まりになり、あの女がこの家に住むようになったそれまでのことだった。あの女は翔花とお父さんと、そしてお母さんの家だったこの家に移ってくるや否《いな》や、まず家と父からお母さんの痕跡《こんせき》を完全に消し去ることを始め、当然それにショックを受けて反発した翔花に対して信じられないほどの陰湿《いんしつ》な敵意《てきい》を向け、決して外部には正しい実態が分からない極めて陰湿な攻撃《こうげき》を加え始めたのだった。

今や、翔花は圧倒的不利な状況に立たされていた。

そもそも最初からお父さんはあの女に絡《から》め取られた状態であり、お父さんに入る情報は全《すべ》てあの女に捻《ね》じ曲げられ、『お母さん』を守るための翔花の戦いは、わからずやの娘《むすめ》による継母《ままはは》への反発という形に貶《おとし》められていた。

そしてお母さんの匂《にお》いをこの家から消し去ってゆくあの女の破壊行為は、立場の弱い後妻《ごさい》がこの家に馴染《なじ》むための希望という形に美化されていた。恐ろしいことに翔花が気がついた時には、もはや翔花自身を含む全ての状況が、この世界から〝お母さん〟を消し去るための部品として機能し始めていたのだった。

お、母、さ、ん、が、殺、さ、れ、る。

翔花は戦慄《せんりつ》と共に、そう思った。

あの女はこの家からお母さんの痕跡を拭《ぬぐ》い去り、お父さんを含むこの家の全てを、翔花とお母さんから自分の手へと奪い取ろうとしていた。もはやこの家にお母さんのものはほとんど残っていない。あの女は信じられないほどの嗅覚《きゆうかく》でこの家からお母さんの選んだものを見つけ出し、その全てを自分の趣味のものに入れ替えて、この家の隅々《すみずみ》までを自分の色に塗《ぬ》り潰《つぶ》していったのだ。

カーテンも、マットも、食器も、もうお母さんの面影は見出せない。

それどころかお父さんの着る服や身につける小物さえもが徐々《じよじよ》に入れ替えられ、お父さんは誰も気がつかないうちに、お母さんと暮らしていた頃のお父さんとはもはや違う人間になってしまっていた。

もう残っているのは、この部屋のみ。

翔花《しょうか》は思い出を守るため、残った〃お母さん〃の持ち物をこの部屋に持ち込んでいたが、この行為はお父さんの目には、『お母さん』への当てつけや嫌《いや》がらせとして映っていることが分かった。

……これは、侵略《しんりゃく》だ。

あの女はこの家と、お父さんと、そしてお父さんのお金を、全《すべ》て奪い尽くす気なのだ。なびかなかった翔花に対して陰湿《いんしつ》な嫌《いや》がらせを繰り返すのも、翔花を居づらくして、そのうち彼女自身の方から家に寄り付かなくさせる気だ。

弟か妹かは知らないが、あの女の妊娠《にんしん》が発覚してからは、もう翔花が邪魔者《じゃまもの》でしかないことは確定だった。もしも罪にならないか絶対にバレない方法があるなら、とっくに殺されていてもおかしくないくらいだ。

全ては、あの女が何もかもを自分のものにするため。

派手《はで》好きでブランド好きで、お金も社会的地位も好きなあの女にとって、ベンチャーの役員として成功している父と、その収入、そして高級住宅地にあるこの家は確実に手に入れたいお目当てだ。

そのためなら、あの女は何だってする。

邪魔《じゃま》な翔花を排除《はいじょ》するためならばどんな陰湿なことだって、あの女はやってのけるだろう。

いや……圧倒的不利に立たされた継娘《ままむすめ》に対する嫌《いや》がらせを、心から楽しんで考え、喜んで行動に移す性格の悪さをあの女は持っている。

これはあの女が憎《にく》いあまりの、翔花の色眼鏡《めがね》を通した思い込みではない。

翔花の持っている形見の指輪に対して、かつてあの女がしたことを考えれば。

そもそもさすがの翔花も、今までは指輪を肌身《はだみ》離さず持ち歩くなどしていない。きっかけはあの女で、あの女は翔花の机の引き出しにあった指輪をこっそりと持ち出して——あろうことか残り物に混ぜて、餌付《えづ》けしていた近所の通い猫《ねこ》に食べさせたのだ。

信じられないような話だが、翔花はこの目で全て見たのだ。

それは翔花とあの女の確執《かくしつ》が表面化してほどなくの頃に、顧問《こもん》の先生の急用で部活動が中止になってたまたま早く家に帰った日、たまたま実行に移されていた。

このタイミングの偶然《ぐうぜん》が起こらなかったらと思うと、いま考えてもぞっとする。ともかく自転車に乗った翔花が家に帰り、裏からガレージに入れるために自転車を押して庭に入ると、タイル貼《ば》りの庭にあの女がしゃがんでいて、餌皿《えさざら》に群がる猫に手を差し伸べているのが目に入ったのだ。

「……!?」

一瞬《いっしゅん》息を呑《の》んだほど、それは意外な光景だった。

この地区では町内で野良《のら》猫の世話をしていて、庭先で餌付けする文化がある。そして翔花のお母さんも生前は近所の例に漏《も》れず、よく猫に餌をあげていた。

翔花《しょうか》もそうだが、お母さんも猫《ねこ》は好きだ。しかしあの女は動物は不潔だからと毛嫌《けぎら》いしていて、ペットを飼《か》うことはもちろん、通い猫を作ることさえあり得ないだろう、そんなタイプの人間だった。

お母さんの餌付《えづ》けの名残《なごり》で、庭に猫が入ってくるのも、嫌《いや》がるほど。

そんなあの女がどう心変わりしたのだろう、あれほど侵入を嫌っていた野良《のら》猫に餌をやり、汚いと嫌っていた動物に触《ふ》れようとしている。

目を疑ったが、その手にキッチン用の手袋がはめられていることに、遅れて気がついた。

そして数匹《ひき》の猫たちが群れている、残り物と思しき食べものが入った餌皿《えさざら》が、翔花のいつも使っている茶碗であることに気がついた時、翔花はぎょっとなって思わず相手に向かって声を上げていた。

「ちょ、ちょっと!?　それ……!!」

「!」

その声に驚いて、あの女が目を見開いて振り向いた。

「それ、私の……!!」

「……チッ」

自転車を放り出して抗議の声を上げる翔花。その騒《さわ》ぎに臆病《おくびょう》な数匹の猫が慌《あわ》てて餌皿のそばから逃げ出して、それを横目に見たあの女は、驚きの表情から一転憎々《にくにく》しげに眉《まゆ》をひそめて大きな舌打《したう》ちをした。

それは継娘《ままむすめ》への隠《かく》れた嫌がらせを見られた継母《ままはは》の表情だと、翔花はその瞬間《しゅんかん》は思った。しかし直後に、茶碗《ちゃわん》を取り戻そうと近づいてゆく翔花の前であの女が始めた行動は、そんなレベルの解釈がこの女に対してはどれだけ甘いかを、初めて痛烈に翔花へと認識させたものだった。

あの女はいきなり、まだいる猫の中で一番大きな灰猫の首根っこを摑《つか》んだのだ。

「!?」

ギャッ!!　と叫んで暴れる猫。残った猫があっという間に散り散りに逃げ出した。

しかしあの女は構わず摑んだ猫を地面に押さえつけると、もう片方の手で餌皿にされた茶碗の中身に手を突っ込んだ。そしてゴム手袋をした指が残飯を乱暴にかき回し、茶碗がひっくり返って、やがて餌の中から、小さな〝何か〟が摘《つま》み出された。

「……ハ」

そしてあの女は一瞬《いっしゅん》だけ翔花に視線を向けると、下衆《げす》な悪意に満ちた笑みを浮かべた。

ほぼ同時に気づいた。あの女が餌の中から摘み出したものが、離れていようが汚れていようが見間違《みまち》えようもないほどの、あの大切な〝形見《かたみ》の指輪〟だということに。

「…………………っ!!」

戦慄《せんりつ》した。お母さんの形見が、あの女の手にあるというその事実に。

そしてたったそれだけでも、翔花にとって鳥肌《とりはだ》が立つのに充分な嫌悪《けんお》を催《もよお》す事実だったが、しかしあの女がその後に始めたことは、その時点での翔花《しょうか》の想像を遙《はる》かに越えた、悪魔じみた発想と悪意に満ちたものだった。

あの女は嫌《いや》な笑みを張り付かせたまま猫《ねこ》の首に指を食い込ませ、その口をこじ開けると、喉《のど》の奥に思い切り指輪を押し込んだのだ。

ギシャッ!! と海老《えび》のように激しく暴れる猫。しかしあの女はそれを押さえつけたまま猫の頭を摑《つか》んで、顎《あご》が折れるか外れるのではないかというほど力を込めて無理矢理口を閉じさせ、そのまま呑《の》ませようというのか激しく猫を揺さぶった。

「な……!?」

あまりのことに言葉にならなかった。異様で凄惨《せいさん》な行為に、一瞬《いっしゅん》足が止まった。竦《すく》んだと言ってもいい。翔花は生まれてから今まで、ここまで明確で強烈な悪意を向けられたこともなければ、それをあからさまに表に出した行いを見たこともなく、ましてやされたことなどなかったのだ。

陰湿《いんしつ》で濃厚な、大人《おとな》の悪意。

それを剝《む》き出しにしたあの女の行動は、そんなものを初めて目の当たりにした翔花には、その刹那《せつな》、理解不能な恐怖そのものだった。

だが、

「や……やめてっ!!」

はっ、と事態の重大さに気がついて、翔花は叫び、必死であの女に掴《つか》みかかった。駆《か》け寄って突き飛ばし、倒れたあの女の腕《うで》と髪《かみ》の毛を掴んだが、あの女は僅《わず》かに顔をしかめただけでさらに陰惨《いんさん》な笑みに顔を歪《ゆが》め、掴んでいた猫を思い切り放り投げた。

猫はタイル張りの庭にひっくり返り、起き上がって、矢のように逃げ出した。

「あ――――!!」

「あははっ！　残念でした！」

悲鳴じみた叫びを上げる翔花に、嘲《あざけ》り笑うあの女。翔花は慌《あわ》てて手を離すと、指輪を呑まされた猫が消えていった表の方へと駆《か》け出した。

その瞬間《しゅんかん》――――

どん!!　ばりばりばりっ!!

ギャアッ!!　という恐ろしい猫の叫び声と共に、鈍《にぶ》い衝撃音《しょうげきおん》と、毛皮を粉砕《ふんさい》するような音が表から響き渡った。

「!!」

身も竦《すく》むようなそれらの音に、走り去るスポーツカーの凶暴《きょうぼう》なエンジン音が被《かぶ》さって、瞬《しゅん》時《じ》に何が起こったかを肌《はだ》で悟《さと》った。青くなって門の柵《さく》を開けて外に出た。

「……うっ!!」

猫はもう、猫の形をしていなかった。
通りに飛び出した途端《とたん》、この辺りでは珍しくない車高の低いスポーツカーに横合いから巻き込まれるように轢《ひ》かれて、猫は道路に血の混じった灰色の毛をばら撒《ま》いて、潰《つぶ》れてはいけない場所が潰れ、破れてはいけない場所が破れた肉と毛の塊《かたまり》になっていた。
上半身は完全にタイヤにひき潰されて路面にへばり付き、対する胴体はチューブを押し出すように膨《ふく》れ上がって破裂《はれつ》していた。そして腹の破れ目とお尻《しり》から、大きく太った猫の体格に見合った量のピンク色をした中身を吐《は》き出して、そんな肉塊《にくかい》から異様な形で生えた脚《あし》と尻尾《しっぽ》が、痙攣《けいれん》するように微《かす》かに動いていた。

そして————溢《あふ》れ出した血と内臓に埋《う》まるように、指輪が、一つ。

「……………………っ！」

何度か餌《えさ》をあげたことも、撫《な》でたこともある猫。その残骸《ざんがい》と、その中から覗《のぞ》いた指輪を前に、胸の中身が締め上げられ、気が遠くなりそうなほど息が上がった。

……はーっ、はーっ、

胸を押さえて、自分の激しい呼吸を聞きながら、立ち尽くす。

見たくない。逃げ出したい。しかしそんなわけにはいかなかった。お母さんの指輪を取り返さなければいけなかった。

膝《ひざ》が震《ふる》えているのを感じながら、その無残な死骸《しがい》に近づく。

遠目に見てすら吐《は》き気を催《もよお》す、頭を潰され内臓をはみ出させた猫の死骸が、視界の中で大きくなり、はっきりと見える。

見下ろす。そして手を伸ばす。

震える指先。その先にあるのは腹の裂《さ》けた猫の下半身と、そこから搾《しぼ》り出された、血と、てらてらと脂じみた肉の襞《ひだ》のような内臓。

そしてその中に埋まった――――ご飯粒《はんつぶ》に塗《まみ》れた指輪。

「う……！」

そのおぞましい光景。さらに近づいた途端《とたん》に顔に向かって立ち上ってきた、血と猫と、その中身の生臭《なまぐさ》く脂っぽい胸が悪くなる臭《にお》い。

胃の中身が、ぐっとこみ上げた。

しかしそれを飲み下すように無理矢理に抑《おさ》え込み、息を止めて、さらにしゃがんで手を伸ばし、大事な大事な指輪へと指先を触《ふ》れさせた。

ぬちゃ、

と異様に生温かく柔らかいものに、指先が埋《う》まった。

温かくぶよぶよとした肉。指先に付着する血と脂と、猫《ねこ》の胃の中にあった、粘液混《ねんえきま》じりのご飯粒《はんつぶ》。

「…………!!」

さらに強い嘔吐感《おうとかん》が胃からせり上がり、あまりの嫌悪感《けんおかん》に、悪寒《おかん》じみた鳥肌《とりはだ》が全身に噴《ふ》き出した。しかし最後の一線でそれを堪《こら》え、脂と粘液でぬめる、猫の内腑《ないふ》の温度が沁《し》み込んだ指輪を、指先で何とかつまみ上げた。

粘液が、糸を引く。

それをぶるぶる震《ふる》えながら、ポケットの中からハンカチを引きずり出して、包む。

包んだそれを握り締めたところで、一線が切れた。その瞬間《しゅんかん》に、胃袋を直接摑《つか》まれて揉《も》み上げられたかのように、一気に胃の中身が喉《のど》までせり上がって、口の中に酸《す》っぱいペーストがいっぱいに溢《あふ》れかえった。

口を押さえて体をくの字に折った。

「……うぶっ！　う……！」

たぱたぱたぱっ、と音を立てて指の間から吐《と》瀉物《しゃぶつ》が溢《あふ》れた。

舌《した》と指をざらりとした固形物混じりの液体が伝い、つん、と痛みが鼻を突いて口と鼻に異臭《いしゅう》が充満した。

直後、

「げえっ！」

と何もかもを吐《は》き出して、道路の端《はし》に突っ伏す翔花《しょうか》。

「……う……うあ……！」

人目も憚《はばか》らず嘔吐《おうと》し、えづき、顔をぐしゃぐしゃにして涙《なみだ》を流した。口内に生温かい唾液《だえき》が溢《あふ》れ出し、開きっぱなしの口から、だらだらと流れ落ちた。

そしてそんな翔花の背後の方で、
がしゃん、
と聞こえた、何事もないかのように門の柵《さく》を閉める音。

それを聞いた時、翔花は自分の敵《てき》の本当の姿を初めて理解し――――そしてやがて時間と共に、あの女が正体を現したこの時点で、すでに状況は翔花《しょうか》にとって勝ち目がないほど、あの女に操作され尽くしていることを知ることになったのだった。

「…………」

以来、防戦一方の、翔花の戦いは続いている。

雪乃《ゆきの》の家から帰って来て、父親を振り切って部屋に閉じ籠《こも》った翔花は、部屋の真ん中に立って俯《うつむ》き、じっと暗い思いで唇《くちびる》を噛《か》んだ。

あのとき必死の思いで取り返した指輪は、いま翔花の手から失われている。

あの女しかあり得ない。あの女も態度で認めた。そしてあの時の経験を思い出す限り、指輪の行方《ゆくえ》は、考え得る限り最悪の事態になる…………いや、あるいはもうすでになっている可能性が高い。

「……お母さん……」

どうしよう。どうすればいい？

指輪はどこにある？　普通に捨てられたり売られたりしたなら絶望的だがあの女がそんな生《なま》易《やさ》しいことで、お母さんの指輪を済ませるはずがない。

もっと悪意に満ち満ちた、身の毛もよだつような方法を取るはずだ。それは翔花と指輪にとっておぞましい悲劇だが、同時に救いでもあった。手間がかかっているせいで、翔花が見つける余地もある。

そのはずだ。そう信じた。

信じなければ気が狂いそうだった。しかしあの女に対するこの負の信頼は、不幸にして幸いなことに、今まで破られたことはなかった。

絶対に、あの女は指輪を普通に処分するような真似《まね》はしない。

悲しむ、慌《あわ》てる、あるいは強がる翔花を見て、ほくそ笑むことができるような、何か陰険《いんけん》な手段を使うはずだ。

――一番ショックの大きな指輪の捨て方は、何だろう？

必死で考える。部屋の中に一人立ち尽くして、頭が痛くなるほど考えるが、頭がぐちゃぐちゃになって、思考がまとまらない。

昏《くら》い瞳《ひとみ》で、翔花は自分の部屋を見つめる。

お母さんの持ち物を避難《ひなん》させたダンボールで手狭になった、翔花とお母さんの、この家での最後の砦《とりで》。

…………………………

4

「おー、今日もしょーかのおべんとうは美味《おい》しそうだねぇ」

　昼休みに二人で机をくっつけていつものようにお弁当を広げると、いつものように小杉璃華《こすぎりか》が、黒縁眼鏡《くろぶちめがね》の奥の目を思い切り細めて翔花《しょうか》の手元を覗《のぞ》き込んだ。

　璃華の手元にあるのは買ってきたコロッケパンと、ペットボトルのお茶。そんな彼女は、翔花のちんまりとした弁当箱に、それでも結構手間をかけて彩《いろど》り豊かに詰められたお弁当を見つめて顎《あご》に手をやり、「ふうむ」と唸《うな》った。

「むむ……これは何という洗練されたおかず。そして彩り……」

「ん」

「これを自分で作ってるとは……人としての器の違いを感じる。はっ！　まさか神？」

「んー、まあね」

　大袈裟《おおげさ》な璃華のからみに、今日の翔花は目と口を横一直線に引っ張ったような、眠《ねむ》そうな顔で、平坦《へいたん》に応《こた》える。

「今日はあげないよー。多めに作ってないから。自信もちょっとないし」

「むむ、そっか。残念」

翔花が言うと、璃華はあっさりと身を引いて、もっさりと長く伸ばした黒髪《くろかみ》の頭の後ろで腕《うで》を組んでセーラー服の上半身を軽く反《そ》らせた。

文学少女然とした容姿に、中学生としてはかなり高い背。璃華は中学校に来てからできた数少ないまともな友達と呼べる友達の一人で、相当な変わり者だったが、誰にでも気安いので男女問わず交友関係の広い人気者だった。

その人柄《ひとがら》は今の軽口と、さっぱりとした応対からも知れる。

「んー……さて、と」

璃華は猫《ねこ》のように一度伸びをすると、そのままさっきの話題は忘れたように、飽《あ》きもせずに毎日買ってくるコロッケパンの袋《ふくろ》を開け、男前に大きくかぶりついた。

翔花はその幸せそうにパンを咀嚼《そしゃく》している璃華を、箸《はし》を止めたままぼーっと眺《なが》める。

昼休みの教室に広がる、皆の話し声からなる喧騒《けんそう》が、ぼーっとした翔花を包み込むように、ぼーっと遠く聞こえている。

「……」

「眠そうだねえ。しょーか君」

そんな翔花に、璃華が言った。

「ん？　あー……うん。眠い」

「ここのところ毎日そんな感じだねえ。夜に何かやってんの？　エッチなこと？」

「このオヤジめ……」

疲れたように応じる翔花《しょうか》。璃華《りか》はそれを聞いて悪戯者《いたずらもの》っぽく目を細め、「にしし」とアニメの猫《ねこ》のように笑った。

「まあ冗談《じょうだん》は置いとくにしても、どうかしたの？　この璃華さん、なんか心配事あったら話聞くよ？」

「あー……うん、大丈夫。家の事情で忙しいだけだから」

「家の？　家の仕事の手伝いとか？」

「うん……そんな感じ」

翔花は答える。璃華とは仲が良く、とても大切な友達だったが、それでもまだ雪乃《ゆきの》にそうしているように、本当の事情を相談するような間柄《あいだがら》にはなっていなかった。

「そっか。そりゃ大変だ。えらいえらい」

璃華はうんうんと頷《うなず》く。

「てっきり夜遊びでもしてるのかと思ったよ。お説教しなきゃいけないかと思い詰めるところでしたよ璃華さんは。最近は夜は危ないから気をつけないと」

「あー、そんなことないない」

あはは、と力なく笑いながら、ぱたぱた手を振って否定する翔花。

「でもまあそんなわけだから、しばらくお弁当は手抜きになるからね。残念でした」

「う、そりゃマジで残念」

「ごめんねー」

「もうあんたと友達やめよっかなー」

　璃華は本当に無念そうに口を歪《ゆが》める。そしてそんな軽口を叩《たた》いた後、これからしばらく続くであろう、翔花のお弁当のおすそ分けにあずかれない日々に思いを馳《は》せたのか、考え深げな表情でコロッケパンの続きにかぶりついた。

　と、その時、翔花のいる席に近づいてくる女子の姿が見えた。


「どもー。翔花ちゃん、今いい？」

「あ……雪乃《ゆきの》ちゃん……」

　やって来たのは別のクラスにいる、時槻《ときつき》雪乃だった。

　周りの生徒と同じ制服を着ているが、容姿と立ち振る舞いのせいで別物に見える。

「お、私じゃない本物のお友達が来たよ？」

　璃華が混ぜっ返す。

　翔花が苦笑い気味に「やめてよ」と言うそばで、雪乃は翔花の席までやって来ると、どこか安心したような笑顔を浮かべて、真っ先にこんなことを言った。

「あー、よかった。元気そうで。あれからどうしてたかと思って……」

「あ、ん……あの時はありがと。もう大丈夫」

雪乃《ゆきの》の言葉にどこか曖昧《あいまい》に答える、翔花《しょうか》。

指輪のことで雪乃に泣きついてから、もう一週間。あれから翔花は一度も雪乃の家には行っておらず、特に連絡もしていなかった。

「翔花ちゃん……あの時はごめんね」

まず雪乃は、いきなり言った。

「え……？　な、何が？」

「お姉ちゃんが邪魔《じゃま》しちゃったよね。あの日はパパもママも帰りが遅いし、お姉ちゃんも夜に出歩く習慣があるから、誰も家にいないと思ってたんだけど………お姉ちゃんのカウンセラーさんが来る日だって、聞いてなくて」

「あ、それのことは……大丈夫。気にしてないよ」

翔花は答えた。そんなことは本当に些細《ささい》なことだった。

あの時に見た、雪乃の姉――風乃《かぜの》。

雪乃が気に病んでいる存在。こんな言い方は意地が悪くて自己嫌悪《けんお》になるが、翔花はむしろそれを知って安心し、今まで以上に親近感を覚えたくらいだった。

幸せそうな雪乃も、家族に悩みを抱《かか》えている。

実のところ今までも、雪乃が姉の奇行に悩んでいる話は幾度か聞いてはいたのだが、翔花にはそれが変わり者の姉に関するほのぼのとした相談に聞こえて、あまり深刻に取ってはいなかったのだ。

「そっちも、なんか大変みたいだね」

翔花の同情に、雪乃は言った。

「うん……でも私は翔花ちゃんの方が心配だった。元気そうで安心したけど。どうしてるか様子だけ見たくて」

「うん、もう平気。ありがと」

「じゃあ、邪魔《じゃま》してごめんね。またね」

雪乃はそう言うと、最後に小さく手を振って見せて、教室を出て行った。本当に律儀《りちぎ》でいい子だ。溜息《ためいき》が出た。

……嘘《うそ》をついたのが、胸が痛いほどに。

いや、嘘というよりも隠《かく》している。本当は『もう平気』などではない。まだあの女との確執《かくしつ》は悪化する一方で、まだ指輪も見つかっていないのだ。

今も探している。何も終わっていない。

しかし一つだけ希望はあった。あの女が指輪をどうしたか、あれから何度か怒鳴り合いをして、その結果翔花《しょうか》は――一つ確信に近い、見当をつけたのだ。

†

……時槻風乃《ときつきかぜの》は、夜歩く。

夜は〝死〟だ。昼も死と呼べなくはないが、昼は燃え落ち、死にゆく生と言った方がいい。冷たく死に絶えた夜とは違い、昼の街は火事場のようで落ち着かない。ゆえに風乃が散策に出るのは夜ばかりだ。夜を歩き、夜を呼吸する。

風乃は、夜が好きだ。

この日もまた風乃は夜の散策に出かけようと、玄関《げんかん》に向かう。

しかし今日はいつもとは違い、リビングにいた父親から珍しく声をかけられた。

「風乃さん」

娘《むすめ》に対しても敬語を使う、穏《おだ》やかで温厚な父の声を背中に聞いて、風乃は人形よりも冷淡な目で振り返り、父の顔を実に三日ぶりに見た。

「またこんな遅くに、外ですか？」

「……」

母よりも一回り以上年上で、もう五十を過ぎている父の顔。

この父親は風乃と雪乃《ゆきの》という二人の娘《むすめ》を基本的に溺愛《できあい》していたが、そんな父の声にさえもここ数年は娘をどう扱ってよいのか分からない戸惑《とまど》いと、そんな娘への隔意《かくい》や苛立《いらだ》ちが——風乃に対してだけではなく自身に対してでも——隠《かく》してはいるものの、拭《ぬぐ》い難いほど混じっていた。

「……放っておいて」

そんな父に向かって、風乃は素っ気なく言う。

「そういうわけにはいきません。僕は親なんですから」

言い放つ風乃の言葉に父は、困ったような疲れたような声で、そう答えて言った。

「……それは義務だから仕方なく？　それとも、お母さんに怒られるから？」

「心配してるからです。僕が」

「私が、何かやらかさないかの心配？」

「そうじゃありません。娘を心配しない父親はいません」

冷たく意地悪く言う風乃に、父は溜息《ためいき》を混じらせながら、しかしその性格ゆえの律儀《りちぎ》さで応じた。

「僕は君を心配しているんです。そういう言われ方は……何と言うか、傷つきます」

「……」

律儀《りちぎ》で、率直な物言い。

その父親に、風乃《かぜの》は目を細めて、さらに冷たく、言い放つ。

「そう。でも、放っておいて」

「……」

落胆《らくたん》したような表情で黙る、父。

風乃の言葉に傷つく父。そして父にそんな表情をさせる言葉を発したことによって、当の風乃自身も、胸に痛みを感じるほど、心の中で傷ついていた。

会話をするたびに父は傷つき、それを見て、風乃も傷つく。

昔から二人の関係はそうだった。幼い娘《むすめ》の言動にさえ傷ついてしまう繊細《せんさい》な父親と、聡《さと》いためそれを悟《さと》って傷ついてしまう娘の、傷つけ合うばかりの負のループだ。

このナイーブな父親のことが、風乃は嫌《きら》いだった。

それだけではなく、そんな善良で弱い父親を傷つける言動をしてしまう自分と、そのたびに罪悪感を感じてしまう自分が、風乃は嫌いで嫌いで仕方がなかった。

そして――――

「もう、いいかげんにして。二人して子供みたいにぐずぐずと……」

そんな二人の間にある機微を全く解さない、デリカシーに欠ける母親も。

やはり父は母に言われて出て来たのだろう。二人の会話の停滞に業《ごう》を煮やして顔を出した母は、家の中にあってさえ服にも化粧《けしよう》にも隙《すき》がない凛《りん》とした姿で廊下《ろうか》に立つと、娘たちにも遺伝した涼しげな瞳《ひとみ》を気難しげに細めて、風乃に言った。

「……遊ぶなら夜遊びでも何でも好きにすればいいわ」

母はまず、言い放った。

「ただし忘れてないでしょうね。二十歳《はたち》になって何も変わらないようなら、けじめをつけて、うちの会社に無理矢理にでも入れるからね」

「……」

風乃は答えない。これは『母親の言葉』と言われるとまず真っ先に連想するようになった、もう何度も何度も聞いている、母の中での風乃の処遇の決定事項だった。

社会へのけじめだと嘯《うそぶ》きながら、母は言う。

ただし自分の娘を扱いかねた挙句、風乃にお金を渡すことでとりあえず義務を果たした形を作り、自分の子供と対話を試みるなどという発想を頭から持っていなかった、そんな母親の言う『社会へのけじめ』だ。

一方的に決定されたその『けじめ』に関して、風乃《かぜの》は意見を言ったことはない。

母親も聞く気はないだろう。それどころかそもそも、この件に関して、家族の間で話し合いが持たれたことさえ一度もない。

なので風乃は母親を無視してさっさと玄関《げんかん》に行き、ブーツを履《は》き始めた。

母親とはもう口をきく気も起こらなかった。そんな試みが無駄《むだ》であることは、それこそ幼い頃からの経験上、骨身に沁《し》みて知っていた。

「風乃さん。どこ行くかくらい……教えてくれてもいいんじゃないだろうか」

そんな風乃の背中に、父が言う。

「どこでもないわ」

「……」

風乃《かぜの》は答える。それは端的《たんてき》ながら事実だったが、背後の父は押し黙った。反抗以外の何ものにも聞こえなかったのだろう。

暗い気持ちになって、ブーツの紐《ひも》を結び終え、風乃は立ち上がる。

こんな場所にはもう一秒たりともいたくない。そして玄関のドアに手をかけた風乃に、母親が追い討《う》つように声を上げる。

「どこ行くのよ。最近夜中に、野良猫《のらねこ》が殺されてる事件があるっていうのに」

「……」

ドアを開けかけた風乃は、それを聞いた途端《とたん》に、思わず足を止めた。

一瞬《いっしゅん》で得心した。わざわざ今日に限って父が、そして母が風乃を呼び止めたのは、そのためだったのだと理解した。

風乃は振り向いて、凍《こお》りつくような視線を二人に向けた。

「……それを私がやってると、疑ったわけ？」

秀麗《しゅうれい》な眉《まゆ》が吊《つ》りあがった。母が傲然《ごうぜん》とそれを見返し、父は申し訳なさそうに表情を沈ませて小さくなり、足元に視線を逸《そ》らした。

その時――

「ママ！　パパ！　それはいくらなんでも酷《ひど》いよ！」

いつの間にか階段の中ほどに立っていた雪乃《ゆきの》が、横合いから叫んだ。

一階での騒ぎを聞いて降りて来たのだろう。部屋着のトレーナーを着た雪乃は怒りと悲しみがないまぜになった表情で肩《かた》を震《ふる》わせて、立ち尽くす両親へと抗議した。

「お姉ちゃんを、そんな、疑うなんて――」

だが雪乃の言葉は、そこで唐突《とうとつ》に途切《とぎ》れる。風乃が三人の前で無表情に、ポシェットから赤い柄《がら》のカッターナイフを取り出して、ぢぎぢぎぢぎっ、、、、、、！

と音を立てて、その刃《やいば》を伸ばしたからだ。

「……………………………………………………………………‼」

しん、とその途端《とたん》に、玄関《げんかん》内と廊下《ろうか》の中に、凍《こお》りついたような沈黙が張り詰めた。

その空気の中で、風乃《かぜの》はカッターの刃をしばらく見つめたあと、静かに収めると、再びポシェットの中に仕舞《しま》い込み、皆に背を向けてドアに向かった。

「……疑うからには、そういうつもりなのよね？」

風乃は三人を見ずに、ひどく平坦《へいたん》な気持ちでそう言った。

そして絶句する三人を残して、風乃は玄関のドアを開けると、涼しげに満ちる夜の空気の中へ、ゴシックロリータに包まれたその身を沈めるように躍《おど》らせた。

†

……人から餌《えさ》をもらうのに慣れた猫《ねこ》を捕《つか》まえるのは簡単だった。

深夜の公園の植え込みの陰《かげ》にパンをちらつかせておびき寄せた白黒の猫は、あっさりと両手を首に回すのを許し、暴れ出したのはもう逃げられないところまで力を入れて首を絞《し》めた、その後のことだった。

柔《やわ》らかい毛と皮に手を回し、その下の骨ばった肉に指を食い込ませてゆくと、もう悲鳴も上げられなくなった猫の喉《のど》の中身がぐびぐびと動く。カーッと開いた口から舌《した》が覗《のぞ》き、手足がガリガリと土を引っ掻《か》いて暴れるが、だんだんとそれも痙攣《けいれん》に近くなって、やがて手がだるくなってきた頃に抵抗らしい抵抗がなくなった。

見計らって左手で首を地面に押さえたまま、お腹《なか》が見えるようにひっくり返す。

そのまま空いた右手でカッターを抜き出し、ちきちきと切っ先を、短めに押し出す。

首を押さえられて上を向いた猫の顎《あご》と、口元の毛。幽霊《ゆうれい》がする手のような形で胸の前に下がった、和毛の生えた、愛らしい猫の手。

「…………」

そして白く柔らかい毛に覆《おお》われた、ゆるやかに上下する、中身の詰まった柔らかい腹部。

それを無言でしばらく見つめた後、ぐ、と唾《つば》を飲み込んで、おもむろにカッターナイフの切っ先を、その腹へと押し当てた。

直後、
ぶつっ、

と突き刺《さ》した。皮を貫く感触《かんしよく》。

ミニチュアのような肋骨《ろっこつ》の真下にカッターを突き刺された猫《ねこ》は一瞬《いっしゅん》痙攣《けいれん》し、細かく全身を震《ふる》わせて、何かを招くように力なく手足を動かした。

滲《にじ》み出した血が傷周りの真っ白い毛を、鮮《あざ》やかな赤に汚す。

最期《さいご》の一暴れがあるかと身構えていたが、何もなかったので、カッターを短く握り直して、そのまま傷口にこじ入れて皮の下に刃《やいば》を潜《もぐ》り込ませた。

カッターを握った指は、もう鉄臭《てつくさ》い猫の血で汚れている。

考えないようにする。そして充分に刃《やいば》が皮に引っかかったのを確認すると、そのまま柄《え》をしっかり握り締め、魚の腹を捌《さば》くように柔らかな腹に突き立ったカッターをぐいと力を込めて引き下ろした。

瞬間《しゅんかん》、

みちみちっ、

と重く弾力のある手応《てごた》えと共に、猫《ねこ》の白い腹が真《ま》っ赤《か》に裂《さ》けた。

カッターの鋭利な刃は、ほんの数瞬《すうしゅん》だけ滑《なめ》らかに皮を切り開いた後、すぐさま切れ味を鈍《にぶ》らせて、後は最後まで皮と肉を引き千切るようにして血を飛び散らせながら、猫の腹を縦《たて》一文字に切り開いた。

傷口は瞬《また》く間に血で溢《あふ》れ、白かった猫の腹は、あっという間に真っ赤に汚れ果てた。

そしてそれを為したカッターは握った手もろとも、血と毟《むし》られた猫の毛とが混ざり合った、汚泥《おでい》じみたものにべっとりと赤く不快に塗《まみ》れた。

「…………………！」

激しく痙攣《けいれん》する猫。むっ、鼻と口の中一杯に広がる、獣臭《けものくさ》い血の臭《にお》い。

はあっ、はあっ、と頭の中に響く、張り詰めるような自分の呼吸の音。

だが終わりではない。まだ温かい猫の首から手を離す。そしてその手を、切り裂かれ血みどろになった猫の腹の、僅《わず》かに中身の覗《のぞ》く傷口に、恐る恐る差し込んでゆく。

にちゃ、

と温かい、血と脂にまみれた肉の中に指が入る。

中には毛と皮と肉の層の下にぶよぶよとした内臓が詰まっていて、生温かく柔らかく、微《かす》かに蠕動《ぜんどう》しながら指を包んだ。

まだ生きている内臓の、鳥肌《とりはだ》が立つような感触《かんしょく》。

そしてそれに耐え、中に押し込んだ指を動かして、ぐにゃぐにゃに柔らかい内臓を、紐《ひも》のように摑《つか》んで引きずり出そうとした時――――

「何か探し物?」

「……………………っ!!」

突然背後から声をかけられて、翔花は飛び上がって腰《こし》を抜かした。
そして両手を血に染めて地面に座り込み、言葉もなく恐怖に目を見開いた翔花《しょうか》の目に映ったのは、暗く小さな公園の景色と、そして薄《うす》ぼんやりとした街灯に照らされたモノクロ色の少女――――時槻風乃《ときつきかぜの》が、夜のように冷ややかに立っている、この世のものとは思えないほど茫《ぼう》漠《ばく》とした美しい光景だった。

……見られた。

終わった。

5

そんな絶望的な思いにかられて呆然《ぼうぜん》としていた翔花《しょうか》は、しかし気がつくと風乃《かぜの》に手を引かれて公園を連れ出され、この住宅地の中でも比較的古い家が多い区画にある知らない家の庭までやって来ていた。

汚れた門扉《もんぴ》。

広いが、雑草で荒れた庭。

一目で放置されていることが分かる家に、風乃はポシェットから取り出した鍵を使って門を開けると、当然のように中へと入り、庭の一角にある古びた水道の前に翔花を連れてきて、無言で蛇口《じゃぐち》を指し示した。

「…………？」

翔花がぽかんとしていると、逆に風乃は不可解そうに眉《まゆ》をひそめた。

そして翔花を放って一人で蛇口をひねると、ハンカチを水で濡《ぬ》らし、翔花の手を引いたせいでついてしまった血を、その華奢《きやしゃ》で真っ白な指から拭《ぬぐ》い始めた。

「……洗わないの？」

その光景をぼーっと眺《なが》めていた翔花に、風乃が一言。

「え？　……えっ!?　あっ！」

言われてようやく翔花ははっと我に返って、慌《あわ》てて空気混じりの音を立てながら流れる水に両手を突っ込み、血と脂と猫《ねこ》の毛に塗《まみ》れた手をごしごしと洗い始めた。

膜《まく》が張ったような感触《かんしょく》の手から、赤い色の水が洗い落とされる。

翔花はしばし必死になって無心に手を洗っていたが、ふとそのうちに冷静になり、顔を上げて風乃を見た。

「あ、あの……」

「何？」

翔花の問いかけに、風乃は丁度《ちょうど》良い高さの庭石に腰掛《こしか》けて手を拭《ふ》きながら、翔花の方を見もせずに答えた。

「雪乃《ゆきの》ちゃんの……お姉さん、ですよね？」

「そうよ」

素っ気ない返答。翔花は戸惑《とまど》っていた。

「あの……私のやってたこと、誰かに言わないんですか？」

自分が『猫《ねこ》殺し』であることがばれれば、何もかも終わりだと思っていた。

皆に広まり、社会的に抹殺《まっさつ》され、最悪は警察沙汰《ざた》に。先ほども翔花《しょうか》は風乃《かぜの》に手を引かれて歩きながら、警察かどこかに連れて行かれるものだとばかり、思い込んでいたのだ。

「そうして欲しかったの？」

「い、いえ……でも、何で……」

「別にあなたのためじゃない。ばれたらきっと、雪乃《ゆきの》が悲しむわ」

風乃は言う。翔花はその理由を聞いた瞬間《しゅんかん》に、ぐ、と詰まり、胸が重く締め付けられた。

「ご、ごめんなさい……」

「……なぜ謝るの？」

「え……えっと、あの、雪乃ちゃんに迷惑《めいわく》をかけるようなことを……」

「私は『ばれたら雪乃が悲しむ』って言ったんだけど」

さらりと反社会的なことを言い切る風乃。その間も風乃は暗闇《くらやみ》の中でさえ白く浮かび上がる指から、どこか愛《いと》おしげにも見える丁寧《ていねい》な手つきで、猫の血を拭《ふ》き取っている。

そして、

「……っ！」

その右手首に包帯《ほうたい》が巻かれているのを見つけて、翔花はうそ寒い気分になった。

風乃がリストカッターだということは噂《うわさ》で聞いていた。そしてよく見れば風乃が手にしているハンカチだと思っていたものは、救急用のガーゼだと気づいた。おそらく想像通りの用途《ようと》のために常備しているのだ。

急にこんな場に二人きりでいることに、不安を感じた。

しかしその直後、ふと自分が猫を惨殺《ざんさつ》している犯人であることを思い出して——自分のあまりの身勝手さに、自己嫌悪《けんお》になった。

「……………………」

夜の荒れ果てた庭に、水道の水音と、沈黙が広がった。

会話の糸口が切れていた。翔花はこの状況と沈黙から逃避《とうひ》するように黙々と手を洗っていたが、やがて沈黙に耐えられなくなって、蛇口《じゃぐち》の水を止めて顔を上げた。

「……終わった？」

そんな翔花に風乃は、そう言ってハンカチを差し出す。

ガーゼではなく刺繍《ししゅう》のされた豪奢《ごうしゃ》なハンカチだった。翔花はそれで血を洗った手を拭《ふ》くことに抵抗を感じて、慌《あわ》てて謝絶すると、脇《わき》に置いていた自分のバッグから用意していたタオルを取り出した。

「だ、大丈夫です。あります」

「そう」

風乃がポシェットにハンカチを仕舞《しま》う。

そして再び沈黙。あまりの居心地の悪さに、頭の中で思考ばかりがぐるぐると回った。

どうしてこんなことに？　それに、ここはどこだろう？　これからどうなるのだろう？　そして風乃《かぜの》は、どうしてあれを見ただけで、分かったのだろう？

訊《き》いてみなければ、いけない。

「……あ、あの……」

翔花《しょうか》はおずおずと、口を開いた。

「何？」

「ここは……どこですか？」

訊《たず》ねて、周りを見回す。伸び放題の雑草に覆《おお》われ、植木も全く手入れされていない庭は、庭石が配された和風で、奥には何か動物を飼《か》っていたのだろう、大きく背の高い檻《おり》が朽《く》ちるままに放置されて網状《あみじょう》の格子《こうし》に蔓《つた》を絡《から》ませていた。

「私の祖父《そふ》の家よ」

風乃は答えた。

「私が幼い頃に事故で子供を殺してしまって、血縁《けつえん》の誰からも見捨てられて、私以外の誰にも看取《みと》られずに病気で苦しんで死んだ祖父の家。この家も放置されてる」

「そ、そうなんですか……」

道理で鍵を持っているはずだ。

「祖父が趣味で飼《か》ってた鶏《にわとり》も、放置されてそのまま」

風乃は気《け》だるげに、暗闇《くらやみ》に包まれて中の見えない檻《おり》へと目を向ける。

「観賞用の立派な鶏だったんだけど、私がここに入れるようになった時にはとっくに餓死《がし》してたわ。どうでもいいけど」

どうでもいい、と言う割には実は可愛《かわい》がっていたのかもしれない。昔を思い出しているのだろうか、風乃の気だるげな無表情の中には、微《かす》かに憂《うれ》いのようなものが混じっているような、そんな気がした。

「…………」

夜の庭に座す、風乃。

翔花はそれを見つめる。この場所については分かった。そして会話をしているうちに、昂《たか》ぶったり萎縮《いしゅく》したりしていた気分も、何となく落ち着いてきた。

とりあえず風乃は翔花のことを、警察に突き出す気はないらしかった。

そして何も語らないので、自分が雪乃《ゆきの》の友達だという以外に理由も目的も分らないが、少なくともここに案内したのは、単に安全に手を洗う場所を提供してくれたという、それだけのことのようだった。

考えてみれば風乃が手を引いてここに来た道は、仮にもこの町に住んでいる翔花が全く知らないような人目につかない裏道ばかりだ。本当に助けてくれたらしい。しかし一つ大事なことが分らなかった。

翔花《しょうか》はそれを質問しようとして、躊躇《ためら》う。

なぜならそれを訊《き》くということは、翻《ひるがえ》って、翔花の行いについても話題にすることになるからだ。

「……あ、あの……」

だが、訊《たず》ねないわけにはいかなかった。

目を逸《そ》らし、自分の上着を摑《つか》みながら、おずおずと、翔花は問いを口にした。

「何でお姉さんは…………わかったんですか」

その、謎《なぞ》。

「……何の話？」

「どうして私が指輪を探してるって、わかったんですか？」

翔花は言う。あの公園で声をかけてきた時、風乃《かぜの》は公園で猫《ねこ》を殺している相手に対して他《ほか》の
どの言葉でもなく、『探し物？』と訊《たず》ねたのだ。

翔花が猫を殺したのは、あの女が指輪を再び猫に食べさせたと確信したからだ。

なぜなら再びそうすることが、あの車に轢《ひ》かれた猫の残骸《ざんがい》から、嘔吐《おうと》しながら指輪を取り戻
した翔花にとって、最もおぞましい指輪の行方《ゆくえ》だったからだ。

もう二度とあんなことはしたくないと、心の底から思っていた。

　だからこそあの女はそうする。ならば翔花はそれに負けないため、そして形見《かたみ》の指輪を取り戻すために、こうせざるを得なかった。翔花の家で餌《えさ》を食べる可能性がある通い猫を次々と殺して解剖《かいぼう》し、その腹中から指輪を探すしかなかったのだ。

　だが——どうしてそれが、風乃に分かったのか？

　翔花とあの女にしか通じないはずのことが、どうして親友の姉とはいえ、話どころか挨拶《あいさつ》さえしたことがない風乃に分かったのだろう？

　だから公園で聞かれた瞬間《しゅんかん》、心臓が止まるかと思ったのだ。

　しかしそれを訊ねられた当の風乃は、不審そうに翔花を見返して、首を傾《かし》げた。

「……指輪？」

　その反応に、翔花は戸惑《とまど》った。

「え？　え、で、でも、『探し物？』って……」

「あれは冗談《じょうだん》のつもりだったんだけど」

　拍子抜《ひょうしぬ》けする翔花。そして無用な秘密を喋《しゃべ》ってしまったことに、内心で動揺する。

「そ、そうですか……」

「猫《ねこ》があなたの宝箱なの？　嫌《きら》いなセンスじゃないけど」

　風乃は無表情に目を細め、何か思う素振りをする。

　翔花は肩《かた》を落とす。動揺しただけではない。自分が風乃の答えにとてつもなく落胆《らくたん》したことを感じていたが、一体自分が何に落胆《らくたん》しているのか、自分にもよく分からなかった。

が……

「でも多分、そんなメルヘンの話じゃなくて、あなたのお母さんの形見《かたみ》の指輪の話よね？」

「！」

淡々と風乃《かぜの》がその後に続けた言葉は、翔花《しょうか》の中にあった落胆を即座に埋《う》め合わせるほどのものだった。

「雪乃《ゆきの》のところで言ってたやつよね？　だとすると悪い魔女の継母《ままはは》が、猫を宝箱にして指輪を隠《かく》したといったところかしら？」

そしてさらに、風乃は言った。

「なら話によってはそれ、手伝ってあげてもいいわ」

「え……!?」

「とは言ってもあくまで夜の散歩の片手間に、隠れるのにいい道や場所を教えたり、見張りをしてあげる程度のことだけど」

「な……あ……」

言葉にならなかった。驚きで頭が真っ白になって口をぱくぱくさせるだけの翔花に、しばし返事を待っていた風乃は、首を傾《かし》げて訊《たず》ねた。

「………それともあなた、単に猫を殺すのに興奮するだけの人？」

「そっ、そんなわけないですっ!!」

その風乃の問いに、言葉が詰まっていた翔花はようやく言葉が出た。

「あ、あ、あ、あんなっ……あんなこと……私は、ほんとはしたくないっ!!」

自分の上着の胸を摑《つか》んで叫んだ。混乱はしていたが、そんな言われ方だけは耐えられない、その一心の言葉だった。

翔花はもう三匹《びき》を手にかけ、肉を裂《さ》いてかき分ける感触《かんしょく》はありありとこの手に残っている。

しかし血と肉と脂の感触と臭《にお》いに満ちたその行為の最中どころか、何かの拍子《ひょうし》に思い出した時さえも、翔花はあまりの嫌悪感《けんおかん》に何度も嘔吐《おうと》したのだ。

五感の嫌悪。そして魂《たましい》の嫌悪。

行為への嫌悪。さらにそれを行う、己への嫌悪。

翔花はさらに言い募《つの》ろうとしたが、代わりに出たのは涙《なみだ》だった。

やはり言葉にはならなかった。望まない、おぞましい行為を行うために殺していた感情が一気に蘇《よみがえ》って、ぼろぼろと涙を流した。声が涙に溺《おぼ》れた。

「……わ、私……私…………あんな……」

「ならいいわ」

会話の相手が泣き出してなお、風乃《かぜの》の声は涼《すず》しげ。

「不幸な家族関係については、私も少し思うところがあるの。聞かせてくれるなら手伝ってあげる。……押し付けもしないけど」

「…………う……あ……」

落ち着こうと落ち着こうとしても、ぼろぼろと翔花《しょうか》の涙《なみだ》は流れ続ける。

胸の中を焼く、涙の理由が変わっていた。

先ほどの落胆《らくたん》の理由に気がついた。〝お母さん〟を守るため、たった一人で誰にも理解されない戦いを続けていた翔花は、心のどこかでその孤独な戦いに気づいて理解を示し、手を差し延べてくれる人間を求めていたのだ。

「……わ……わ、私……」

「返事は落ち着いてからにして」

素っ気ない気遣《きづか》い。

「う……うあ……うああっ！」

その言葉に甘えて翔花は、風乃の前に立ったまま、ぼろぼろと外聞もなく泣き出した。

しゃくり上げる声が、荒涼とした夜の庭に淡々と響いた。

悔《くや》し涙ではない涙は久しぶりだった。暗く不安なはずの夜の闇《やみ》が。今は何故《なぜ》か、胸の中を癒《いや》してくれているような、そんな気がした。

ばしゃばしゃばしゃばしゃ……

†

小さな稲荷《いなり》神社の敷地の隅《すみ》にある水道から、必死で手を洗う、水音が聞こえる。

時槻《ときつき》風乃はその音を背後に聞きながら、暗い鳥居の陰に立って、通行人がやって来ていないかどうか、神社前の道に目を向けていた。

つい先ほど、七匹《ひき》目の猫《ねこ》が、手にかけられたばかり。

この辺りでよく見かけられ、存在を知られている通い猫の、もう半分近くが、殺されていなくなったことになる。

風乃は幽霊《ゆうれい》のように佇《たたず》んで、水音を聞きながら小さく一人ごちる。


「……早く片付けばいいわね」


風乃が妹の友達の残虐《ざんぎゃく》行為に手を貸してから、三日が経《た》った。

案の定放っておけば数日中に捕まりそうなほど危なっかしかった翔花の行動と土地勘《かん》は、子供の頃から夜歩きを続けていた風乃《かぜの》によって決定的に補強された。

風乃は自分の行動や服装に疑問を持ってはいなかったが、それでも通行人や警官に姿を見られることで起こる結果を煩《わずら》わしいと思っている。そのため風乃は長い夜歩きの習慣によって人に見られづらい安全な道や、警官などが通りやすい道や時間帯などを、泥棒《どろぼう》もかくやというほど肌《はだ》で熟知していた。

そんな風乃の協力以来、まだ翔花《しょうか》と風乃の犯行は誰にも見られていない。

この街で噂《うわさ》になっている猫《ねこ》殺し犯《はん》は、あの公園で殺された猫を最後に、猫の死体さえ見つからないという完全犯罪《はんざい》状態だった。

猫を殺すペースも、格段に上がった。

それは翔花が、だんだんと数を繰り返すうちに、猫を捕まえて殺し解剖《かいぼう》する作業に慣れて、上手《じょうず》になっていることも大きく寄与していた。


例えその事実が、どれだけ翔花の心を軋《きし》ませていても。

ばしゃばしゃと手を洗う音はまだ続いている。この〝作業〟が終わった後の手洗いが執拗《しつよう》なのは最初からだったが、その時間はこの三日で、まるで何かに追われているかのように徐々《じょじょ》に延びていた。

「……まだ？　あまり犯行現場に長くいるべきじゃないわ」

風乃は背後の水音に、話しかける。

「！　ん、あ……はい、わかってます。もう少し……」

帰ってきた答えの前に、一瞬忘我《いっしゅんぼうが》から我に返ったような間があった。取り憑《つ》かれたように手を洗っていた光景が目に見えるようだ。

そして風乃も、これを予想して話しかけただけで、急《せ》かしたのはあまり本気ではない。我に返ったはずの翔花は、それでも手を洗い続けて、そうしながら不意に思い出し笑いのように、乾《かわ》いた声で少し笑った。

「あ……あはは、ごめんなさい。最近お弁当作るのに、油使うのが苦手になって……」

翔花はそして、言う。

「油のついた手を洗うと、この感触《かんしょく》を思い出しちゃって……お肉もちょっと、最近口に入れたら、吐《は》きそうになることが……」

「そう、奇遇《きぐう》ね。私も昔から肉は好きじゃないわ」

風乃は答える。会話を持たせるための適当な答え。だが言っている内容は、事実だ。

しかし風乃のそんな応答に、翔花は妙《みょう》な方向から応じた。

「あ、えっと……それ、鶏《にわとり》を飼《か》ってたからとか、そんなのですか？」

「……」

風乃《かぜの》は数瞬《すうしゅん》、沈黙した。

「…………わからない。多分違うわ。何でそう思ったの？」

「え？　あ……ごめんなさい」

ばつが悪そうに、翔花《しょうか》。

「あのお家《うち》の鶏《とり》小屋のことを教えてもらった時、何となく可愛《かわい》がってのかなって……それで、きっと大好きなおじいちゃんだったんだろうな、私そんなおじいちゃんいないから少し羨《うらや》ましいなって、ちょっと印象に……」

そこまで聞いた風乃は、あっさりと答えた。

「別に好きじゃないわ。私、祖父《そふ》に虐待《ぎゃくたい》されてたもの」

途端《とたん》、手を洗う音さえ止まって、翔花が絶句した。

「えっ……？」

「うちは両親とも仕事大好きで、小さい頃は祖父に預けられてたんだけど、一見優しい祖父は実は宗教にハマってて、私が地獄《じごく》に落ちないようにって毎日棒《ぼう》で叩《たた》いてたのよ。祖父が親戚《しんせき》中から見捨てられたのも、そもそもの原因はそれ。ある日やりすぎて私の息が止まっちゃって、慌《あわ》てて病院に連れて行こうとして、車で子供をはねたの。で、全部バレた」

「…………！」

「そういうわけでうちの両親は反省して、雪乃《ゆきの》はきちんと育てられたというわけ。祖父は親戚中から絶縁《ぜつえん》されて、私が小学生の時に癌《がん》にかかって、苦しんで、孤独に死んだわ。看取《みと》ったのは私だけ。闘病中、お見舞いに行ったのもね。ただ私がそうしたのは祖父が死ぬまでの状態を観察するためと、最後の最後で何かささやいて、絶望しながら死んでもらおうと思っただけ。多分ね」

結局最後のそれは実行できなかった。末期の祖父は薬漬けで意識もなく、声を聞けるような状態ではなかったからだ。多分。

「ごっ、ごめんなさい……」

「別に。気にしないでいいわ。ただの事実」

ひどく動揺した声で謝る翔花に、素っ気なく風乃。

そして風乃はそのまま続けて、逆に翔花に訊《たず》ねた。

「それよりも私は、あなたが妙《みよう》に『鶏《にわとり》』に引っかかってるのが不思議だわ」

「………」

今度は翔花が、数瞬《すうしゅん》沈黙する番だった。

「あれはただの世間話みたいのものだったはず。違う？」

あのとき祖父の庭でした鶏の話はついでのようなもので、それほど風乃の深層に結びつけるような、そんなレベルの話ではないはずだった。

思い返してみれば、翔花は最初から妙に鶏の話に反応していた気がする。

翔花《しょうか》はしばし水道から出る水の音と共に、自分の内側を探るように沈黙して、やがてぽつりと口を開いた。

「……そう……ですね。そうかもしれません」

翔花の声は、沈んでいた。

「たぶん……トラウマがあるんです。たぶん、お母さんの話が印象にあって、鶏《にわとり》って言葉に引っかかるんだと思います」

そしてぽつりぽつりと、自分の中を掬《すく》うように話し始めた。

「お母さんは、帝王切開で私を産《う》んだんです。でも経過が悪くて、もう子供を産めなくなっちゃったんですね。そしたら男の子が欲しかったおじいちゃんが怒って……お父さんとお母さんに、『金《きん》が入ってないことがわかってるのに鶏の腹を裂《さ》いたお前らは馬鹿だ』って……」

即座に風乃《かぜの》は理解して眉《まゆ》を寄せた。

「……イソップの、『金の卵をうむめんどり』?」

「…………そうです」

小さな声で肯定する、翔花。

金の卵を産むめんどりを持っていた男が、一つずつ卵が生まれるのを待ちきれず、めんどりの中に金の塊《かたまり》が入っているのだと思い込んで、めんどりを殺した話。

当然めんどりの中に金はなく、男は金を手に入れられなかったばかりか、得ることのできたはずの卵も失ってしまう。欲張りは今以上のものを求めるあまり、今あるものも失ってしまうという、イソップの寓話《ぐうわ》だ。

だが————この使い方となると、話がかなり変わる。

彼女の祖父は、自分の望む男の子ではない彼女を『金ではない』と言い捨て、もう男の子を産む望みのない彼女のお母さんを、死んだめんどり呼ばわりしたのだ。

そして産まれる彼女と母体を守るために帝王切開の決断をした夫婦を、金が欲しいあまりにめんどりを殺した愚《おろ》か者扱いしたのだ。その凄《すさ》まじいまでの独善と無思慮《むしりょ》と悪意に満ちた機知に、風乃は不謹慎《ふきんしん》にも感嘆混じりの、しかしそれでもなお上回る不快さに眉《まゆ》をひそめた。

「……そう」

「はい……直接そう言ってるのも聞いたことがあって……すごいショックでした」

翔花の声は、弱い。

「だから鶏、気になるんだと思います。今までそんなこと思ったこともなかったんですけど、言われてみれば、そうなのかも……」

「……なるほどね」

「お母さんは結局、それを十年近く気に病んだまま、自転車に乗ってる時にトラックにはねられて死んじゃいました。ひどい事故で、死体は酷《ひど》いことになってて……あの指輪は、お母さんの、お腹《なか》の中から見つかったんですす」

きゅ、と蛇口《じゃぐち》を締める音。

「だから――あの指輪は、私がもらいました」

決意に凝《こご》って、強さを取り戻す声。

「あの指輪はお母さんの形見《かたみ》で、それからお母さんのお腹《なか》から生まれた、私の妹です」

「……」

「私が守らないと、駄目《だめ》なんです」

ざくっ、と足音。

「だってお父さんが、守ってくれないから」

そして翔花《しょうか》が言いながら、水道のある陰から、ようやく手を洗うのを終えて、タオルを下げて歩み出てきた。

「……もういいの？」

風乃《かぜの》は振り返り、静かに翔花を見る。

心労と睡眠《すいみん》不足のためこの三日間で明らかに顔色が悪くなった、しかし反比例するように目に暗い力のある、家族という名の理不尽《りふじん》にあがいている少女の姿を。

「じゃあ、行きましょうか」

「……はい」

風乃の問いに、翔花は答えた。

それを聞くと、風乃は一つ頷《うなず》いて、この住宅地の中に建つ稲荷《いなり》神社から誰にも見られずに引き上げるために、裏手の出口へと向けて歩き出した。

彼女の決意について、風乃は何も言わない。

彼女の行為についても、風乃は何も問わない。

彼女が金《きん》のためにめんどりを殺すように、指輪のために猫《ねこ》を殺している類似の皮肉も。

そして彼女の認識と行動に含まれている妄執《もうしつ》じみた錯誤《さくご》についても——つまり彼女の継《まま》母《はは》が猫に指輪を食べさせた確証がないという事実についても——風乃は最初から気づいていたが、やはりそれにも、何も言わなかった。

6

「しょーか、またおにぎり？」

「ん」

「まだお手伝い忙しいのか。大変だねぇ」

「んー……う、うん。まあね……」

…………

†

……さすがにそろそろ、何とかしなきゃいけない。

そう思って包丁《ほうちょう》を握った。さく、とピーマンに刃《は》を入れた瞬間《しゅんかん》、さーっ、と頭から、血の気が引いた。


「…………………………っ！」


口を押さえて、キッチンに縋《すが》りつくように翔花《しょうか》はへたり込む。

心臓が跳《は》ね上がる。胃から吐《は》き気がこみ上げる。包丁を持つ手がカタカタと震《ふる》えた。力の入った手が、異様に冷たくなっていた。

「……な…………!?」

何が起こったのか、分からなかった。

食材に包丁を入れたその瞬間、途端《とたん》に猫《ねこ》を切り開く血みどろの光景とぬめる感触《かんしょく》と、そしてその臭《にお》いまでもがありありと蘇《よみがえ》って、吐き気に襲われて気絶しそうになったのだ。

真っ白になる、頭の中。

床《ゆか》に手をつき、がたがたと震えながら、握りっぱなしで指が離れない包丁の切っ先がカチカチと床を叩《たた》いて音を出すのを、翔花は目を見開いて呆然《ぼうぜん》と見つめていた。

塗《ぬ》りつぶされて、思考が止まる。

その中で翔花は、何となく、理解した。

自分の中に、何かの臨界が来たことに。ゆっくりと水を注ぎ入れて、限界まで表面張力で膨《ふく》れ上がったコップの水の水面が、とうとう破れて溢《あふ》れ出したのにも似た変化が、耐えに耐えて慣れたつもりだった自分の心の中に起こったことを、翔花は感じたのだ。


――ま……待って……違う、そんなはずない！


声も出せずに、翔花は心の中で叫んだ。

まだ早い！　まだ戦わないといけないのに！　まだ指輪を取り返してない！　まだ折れるわけにはいかない！

しかし意思に反して、身体《からだ》は全く動かない。まるで料理をしようとした自分の行為に、怯《おび》えきったかのように、胃が絞《しぼ》り上げられ、手足の先に力が入らない。

そんな……そんなはずはない。

翔花《しょうか》は料理が好きだ。それは料理好きで上手《じょうず》だったお母さんに影響されて、己の中に受け継《つ》いで来た、魂《たましい》の絆《きずな》のようなものだった。

それに翔花が拒否反応を起こすなど、あるはずがない。

今までも少し苦手意識や吐《は》き気を感じることはあったが、それはあのおぞましい作業を連想してしまったせいで、料理そのものを嫌《きら》ったわけではない。

料理は好きだ。料理をしなきゃ。

しかし心の中に料理をする自分をイメージしただけで――

肉を切ろうとすれば、柔らかい内臓の感触《かんしょく》を、
魚を切ろうとすれば、肉から皮を引き剥《は》がす感覚を、
野菜を切ろうとすれば、まっさらな猫《ねこ》の腹に刃《やいば》を入れる光景をありありと思い出して、

そして料理の完成品をイメージした途端《とたん》にそれらを食べる連想が口と胃の中に広がって逆流しそうなほどの、重い吐き気を催《もよお》したのだ。

料理と解剖《かいぼう》された猫のイメージが、心の奥底で混同されていた。

料理と猫を解剖する作業が変わらないことに、不意に心の奥底で気がついた。いや、ひょっとしたらとっくに気がついていた。

「ち、違……」

その思い付きを、必死で拒否する。

自分は料理をするのも、食べるのも好きだ。

どんな風に材料を切り、どんな風に味付けし、どんな風に調理するかを考えるのが好きだ。

そしてそれが出来上がった時に、どんな舌触《したざわ》りと味になるのか予想し、想像するのも、自分は大好きなはずだ。

考えよう。楽しく、大好きな料理を。

切り刻まれて色とりどりに混ざり、油でぬらぬらと表面を光らせた、料理。

そして〝それ〟は切り刻まれ血と粘液《ねんえき》と混じり、ぬめぬめと脂で輝く猫の内臓を、そっくりそのまま連想させた。そして湯気《ゆげ》が立つ〝それ〟を口の中に入れると、〝それ〟の感触が舌に触り、噛《か》み締めると〝それ〟から滲《にじ》み出す汁の味が口いっぱいに広がって、〝それ〟の脂が舌にまとわりついて――――

「…………………っ!!」

そのプロセスを想像した瞬間《しゅんかん》に、胃が、全身が、感情が、それを反射的に拒絶した。

噛《か》み砕《くだ》かれた食べ物が食道をゆっくりと降りて、胃の空洞《くうどう》に収まった感覚の想像が、そのまま指輪を探すために切り開いた猫《ねこ》の内臓と、その内容物から立ち昇る酸《す》っぱく生臭《なまぐさ》い異臭《いしゅう》の記《き》憶《おく》と重なって嘔吐《おうと》感《かん》に襲われた。

猫《ねこ》のハラワタも、人のタベモノも、同じ。

何も変わらない。頭で、常識で必死でそれを否定しようとしても、感覚がそう思い込んで、胃袋《いぶくろ》が悲鳴を上げた。

違う！　違う！

ごとん！　と包丁《ほうちょう》を取り落とす。

それを放置して、流し台に縋《すが》りついて無理矢理立ち上がった。

無理矢理自分を奮《ふる》い立たせ、無理矢理調理台に向き合った。何か一つでもやってしまえば、そんな錯覚《さっかく》などすぐに消えてなくなるのだと自分を叱咤《しった》して、勢いのままに卵を掴《つか》んでボウルの中に割り――

真っ赤な血管が浮いた黄身が、ぬらりとボウルの中に広がった。

「――――――――――っ!!」

声にもならなかった。口を押さえ、立ち上がったばかりの調理台の前で、再び腰《こし》が抜けるように座り込んだ。

胃がひっくり返る。頭の中も。

これじゃ、戦えない。こんなんじゃ指輪が取り戻せない。

お母さんを、守れない。

必死で自分を落ち着ける。荒く浅い息を何度も吐《は》いて、自分の内側に意識を向け、猛烈《もうれつ》な吐き気を必死になって宥《なだ》める。

「……はあっ……はあっ」

こんなことじゃ、駄目《だめ》だ。

これから夜中になったら、また猫を殺しに出かけなければいけないのに。

私と――お母さんの大好きだった、猫を。


「…………………！」

震《ふる》えが来た。涙《なみだ》が出た。

何か決定的なものが、臨界点《りんかいてん》を迎えていた。

キッチンにへたり込んだまま、翔花《しょうか》は床《ゆか》に敷かれたキッチンマットの花柄《はながら》の模様と、その上に落ちている包丁の切っ先を、がたがたと震《ふる》えながら縋《すが》りつくように見つめていた。

風乃《かぜの》の右手首に巻かれた包帯《ほうたい》に真新しい血が滲《にじ》んでいるのを目敏《めざと》く見つけて、雪乃《ゆきの》が怒りとも悲しみともつかない沈んだ表情をして、ぽつりと咎《とが》める。

「お姉ちゃん、それ、また……」

「……」

†

言われて風乃は、まるでたったいまそれに気づいたかのように、自分の手首の包帯をじっと無表情に見つめ、そして雪乃を一度ちらりと見た後、そのまま何事もなかったかのようにリビングを通り過ぎた。

そう、また切った。不安にかられて。

血と痛みで自分を確かめるため。そうしなければ生きられない自分は、思うに罰《ばつ》を受け続けなければ生きている資格さえない人間なのだ。

風乃は死を思い続けた。思わざるを得なかった。

このままでは地獄《じごく》に落ちるからと風乃を棒《ぼう》で叩《たた》き続けた祖父《そふ》は、生き地獄のような有様で死んだ。果たして極楽《ごくらく》に行けたのか、知る方法はないだろうかと風乃はいつも思っている。

生は痛みだ。マゾヒストはその痛みを受け入れてうずくまり、サディストはその痛みに怒って他人を痛めつける。

生は醜《みにく》く、死はさらに醜い。そして生者でありながら死を考え続けるばかりの、最も愚《おろ》かしくも真実に近い人間は、さらに醜い存在だ。

風乃がゴスを好んで身に着けるのは、それが美しい屍衣《しえ》のようだからだ。

ゆえに魅《み》せられた。醜い死者を飾る服。着ていると死に包まれ、まるで冷たい死者になったような落ち着いた気分になる。

そして最も醜い死を思う生者《リビングデッド》をも、それと分かる形で飾ってくれる。

死者は死者の格好をすべきだ。すぐ隣《となり》にいる普通の格好をした生者が、実は死についてばかりを考えている死者同然の人間であると、突然気づかされれば、誰だっていい思いはしないに違いない。

死者だと分かる格好をしていれば、生者は誰も近寄らない。

誰も近寄らなければ、風乃は最初から誰にも傷つけられずに済み、誰も傷つけずに済む。

雪乃のような家族と、翔花《しょうか》のような気まぐれを除いては。中身の死んだ卵にはそれと分かる印をつけて、他《ほか》の生きた卵や鶏《にわとり》と一緒にしない方がいいのは、明白なことだ。

中身の死んだ卵、風乃。

他人が中身の死に気づかないので、自ら殻《から》に傷をつけ、印をつけた。

雪乃《ゆきの》は、まだ生きている卵。姉はもう死んでしまったのに、それを教訓に大切に育てられ、そして姉である卵の死を未《いま》だ信じていない、輝かしくて愚《おろ》かしく、そして妬《ねた》ましく――愛《いと》おしい、卵。

風乃《かぜの》は翔花《しょうか》が与えてくれた、めんどりと卵についての思索《しさく》に沈む。

金《きん》を探してめんどりを切っても、そこには痛みしかない。

それはまるで、風乃のようだ。風乃は自分を探して自分を切る。そしてやはり、そこには痛みしかない。

彼女――翔花も、金を探して痛みしか見つけていないようだ。

もうこの世には存在しない両親の愛の、その唯一の証《あかし》である金の指輪を探して、猫《ねこ》を殺して何かを失い続けている。

そこでふと思った。彼女の両親の愛の証は、子供である彼女も同じなのではないかと。

そして彼女自身がそう言っていたことも思い出した。彼女が言ったのはそういう意味ではないだろうが、彼女も指輪も等しく両親の子で、これは生まれて孵《かえ》った金の卵が、売られていった姉妹を探す道程なのではないかと。

彼女は母親を殺され、自らも割られた卵だ。

そして未熟なままでも孵《かえ》らざるを得なくなり、戦わざるを得なくなった、強く気高く、弱く哀《かな》しい雛《ひな》だ。

　そう思った時、風乃は彼女を、少しだけ羨《うらや》ましく思った。

　それがどんな形であれ、孵る方法が分からない自分よりも、遙《はる》かに強い彼女を、ほんの少しだけ、羨ましいと思ったのだ。

7

　みし、といつものように猫《ねこ》の首を絞《し》め、工作用カッターを抜き出した。

　片手でハンドルを操作して、刃《やいば》を出し、固定した。

　そして猫の腹に、切っ先を押し当てて——


「…………………………っ!!」


　翔花はその瞬間《しゅんかん》に手が震《ふる》え始めて、それでもなお刃を押し込もうと無理矢理手に力を入れたが、それ以上はどうしても進めることができなくなってしまった。

「う……あ……」

手から力が抜けて、力を入れたつもりが、逆にカッターを取り落とした。

かしゃん、と音を立てて、静かな狭い路地裏のアスファルトにカッターナイフが落ちる。

「……今日はやめた方がよさそうね」

どこからも見通せない工場裏の路地の、出口を見張っていた風乃《かぜの》は言った。

翔花《しょうか》は猫《ねこ》を押さえたまま、広がったまま握れない自分の右手を見つめて、その震《ふる》えるばかりでいうことをきかない指先に、何とか力を入れて動かそうと必死になっていた。

「う、動いて……動いてよ………動けっ！」

必死になり、焦《あせ》り、翔花は呟《つぶや》いた。

頭の中もそれで一杯だった。普段は何も意識せずに使っている、指を動かすという脳の命令を、いま初めて思い切り意識して、力の限りに使おうとしていた。

しかし手は意思に反して、全くいうことをきかない。

頭の中は狂乱状態に近かったが、まるで筋か神経が切断されてでもいるかのように、手に不快な痛みと感覚があって震えるばかりで、全く思うように動いてはくれなかった。

「う……うぁ……！」

涙《なみだ》が出た。

あのキッチンでの出来事の後、頑張《がんば》ってここまで出て来た。自分がまだ平気であることを証明しようとした。

しかしやはり、同じだった。

体が裏切る。本能が裏切る。心の中の何かが折れていた。もう前に、進めなかった。

あの女から〃お母さん〃を守るための戦いが、できない。

落としたカッターナイフを拾おうと、涙で滲《にじ》んだ視界の中で手を伸ばし、しかし掴《つか》むことも
できずに引っかいた。

「…………」

そんな翔花の前に、風乃がやって来て、夜のように静かに見下ろした。

そして夜のように冷めた声で、淡々と言葉を投げかけた。

「……今日は最初から様子がおかしかったわ。あなた、そろそろ限界なんじゃやない？」

風乃は認めたくないことを、何の躊躇《ためら》いもなく口にした。

「ち、違う！　違います。今日は、今日だけ、たまたま……！」

「いいえ、あなた、最初から無理してたわ」

思わず顔を上げて抗弁した翔花の言葉を、風乃は真正面から否定する。

「でも……でも、今までは平気だった……！　だったらこれからも……！」

翔花は言い募《つの》る。

ここで退《ひ》くわけにはいかなかった。ここで退けば、全《すべ》ての負けだった。

「そうね。今までは」

しかし風乃《かぜの》は、冷たく一蹴《いっしゅう》する。

「今まではね。でも人って、どんな酷《ひど》いことでも慣れるものなのに、あなたは限界が来たわ。あなたの価値観は、最初から猫《ねこ》を殺すこととは相容れなかったのよ」

「……っ！」

「受け入れて繰り返せば、どんな残酷《ざんこく》で陰惨《いんさん》な行為でも人は慣れるものよ。だから限界が来るってことは、あなたは最初から残酷に耐えられない心を持ってた。あなたは元々、こんなことをする子じゃなかったのよ」

そして風乃は、言った。

「あなたが戦えないのは、多分、あなたのお母さんのせい」

風乃の言葉に、翔花《しょうか》は絶句した。

「……!!」

「お母さんは優しい人だったんでしょう？　動物好きな、ね。だからあなたがお母さんとの絆《きずな》を大事にする限り、その根源的な価値観は消えないわ。あなたの中のお母さんが猫殺しを嫌悪《けんお》する。だって猫殺しはあなたが『あの女』と呼んでる人間に、あなたが真正面から向かっていくために選択した、『あの女』の価値観に基づくものだもの。

『怪物と戦うものは、自らも怪物とならぬよう心せよ。汝《なんじ》が深淵《しんえん》を覗《のぞ》く時、深淵もまた汝を覗いているのだ』

ニーチェの有名な言葉だけど、あなたは怪物になりきれなかったのよ。あなたはお母さんの娘《むすめ》ではなく、『あの女』の娘になりかかってた。――――まだ、続ける？」

「………………！」

翔花はもはや、言葉が出なかった。

「……いずれにせよ、今日はもう終わり」

風乃は言う。

「今夜はもう帰ることね。そしてゆっくりと寝て、この怪物への道程をもうやめるか、続けるか、よく考えなさい」

「………………」

「そして〝お母さん〟を守るために別の方法を探すか、『あの女』と戦うために『あの女』になるかを考えて、やめるなら、もう夜歩きはやめるのね」

そして風乃は底冷えのする声でそう忠告すると、一拍置いて、言った。

「でも、それでもまだ続けることをあなたが選んだなら――――私はいつでも、夜にいるわ」

…………………………

†

ひどく長い間、泣いていた気がする。

風乃《かぜの》のいなくなった路地で、堰《せき》が切れたように泣き続けていた翔花《しょうか》は、やがてのろのろと立ち上がると、呆然《ぼうぜん》とした足取りで帰路につき、家へ帰った。

ひどく疲れていた。ごっそりと胸の中に穴が開いた気分だった。

とにかく眠《ねむ》りたかった。翔花はもうとっくに家人の寝静まった家の門をこっそりと開けて、いつものように玄関《げんかん》に鍵を差し込んで、そっと音が立たないようにドアを開けた。


……その瞬間《しゅんかん》見たのは、怒りを押し殺した父親の顔だった。


ぎょっと立ち竦《すく》む翔花。未明と言ってよい時間に帰宅した翔花の前にあったのは、完全に玄関で翔花のことを待ち構えていた、お父さんと『あの女』の姿だった。

「…………!!」

「翔花。そこに座りなさい」

お父さんは激情を含んだ断固とした声で、玄関のタイルを指差した。

今まで聞いたこともないような怖い父親の声に、翔花は完全に竦《すく》んで玄関に入ることもできず、ドアを掴《つか》んだまま身動きさえできなかった。

途端《とたん》に表面だけで冷静さを保っていたお父さんは、感情を爆発《ばくはつ》させる。

「……早くしろ！」

大声で怒鳴りつけ、お父さんは靴下のまま物凄《ものすご》い勢いで玄関へ歩み下りてくると、立ち竦んでいる翔花の腕《うで》を掴《つか》み、力ずくで玄関に引きずり込んだ。

「っ!!」

「今までおまえの気持ちも考えて甘くしてきたが、こうなったらもう許さんぞ!!」

痛みと恐怖に顔を歪《ゆが》める翔花を冷たい玄関タイルの上に転がし、頭を掴んで押し付け、お父さんは怒声《どせい》を上げる。

「おまえの素行がここまでとは思わなかった。今まで目を瞑《つむ》ってきたことも全部見直す！　母さんに対してやってきたことも、もう二度と許さんからな！」

完全に激昂《げっこう》していた。お父さんは言う。

「さあ、まず今日の度を越した夜遊びのことを説明して、反省するんだ！」

「…………………！」

「それからその後で母さんに謝ってもらう！　口答えは許さんからな!!」

頭を床《ゆか》に押し付けられて痛みと苦しさで何も言えない翔花《しょうか》に、断固と言うお父さん。翔花は視線を上げた。

その先には、夫の剣幕《けんまく》に手が出せず、おろおろとしている表情のあの女。

しかしお父さんの目が翔花に向けられ、そして翔花の目が自分を見ていることに気づいたその途端《とたん》、あの女はふと一瞬《いっしゅん》だけ、にや、と底意地の悪い笑みを浮かべて見せた。

「……っ!!」

瞬間《しゅんかん》、翔花も怒りにかられる。

押さえつけられたままもがき、視線を上げて、敵意に満ちた目を、呪《のろ》われよとばかりにあの女に向けた。

「翔花!! いいかげんにしろ!!」

途端、頭を叩《たた》かれた。ごん、床のタイルに額《ひたい》をぶつけ、頭の芯《しん》まで痛みが走った。

涙目《なみだめ》になって悔《くや》しさに歯を食いしばった。とうとうあの女が、お母さんの指輪を取り戻すための翔花の行動を利用して、完全にお父さんを味方につけて、翔花を叩き潰《つぶ》すため行動に出たのだった。

「さあ、まずは説明しなさい! 今日どこで何をしていたのか言いなさい!」

「………………!」

お父さんは、翔花を押さえつけたまま詰問《きつもん》した。

翔花は黙り込む。黙るしかなかった。言えるはずがなかった。

「言うんだ!!」

ばしっ！　と今度は横面《よこつら》を張られた。

タイルに頭を押さえつけられたまま。がん、とまた衝撃《しょうげき》が頭蓋骨《ずがいこつ》を跳《は》ね返る。

「あぐ……っ！」

それでも黙秘する、翔花。

お父さんは怒りに目を吊《つ》り上げて、そしてすぐに翔花が背負っているバッグに注目して、それを掴んだ。

慌《あわ》てて抵抗する翔花。引き剝《は》がそうとするお父さんともみ合いになる。

バッグは駄目《だめ》だ。中には猫《ねこ》をおびき寄せて殺し、解体し、後始末をするための道具が、全《すべ》てそのまま入っているのだ。

「それを見せるんだ!!」

「だ、駄目《だめ》……!!」

力の限りに抵抗したが、無駄《むだ》だった。

バッグはすぐに翔花の背中から毟《むし》り取られて、玄関《げんかん》の廊下《ろうか》で見下ろしているあの女の手に、投げるようにして渡された。

「開けてくれ」

いだろう。

「駄目《だめ》！」

押さえつけられながら見たあの女の目に、サディスティックな笑みが覗《のぞ》いたのは錯覚《さっかく》ではないだろう。

「……は、はい」

あの女は夫の頼みに従って、そしてその内心は憎《にく》み合っている継娘《ままむすめ》の秘密を暴くことを喜びながら、バッグのファスナーを開けて、その中身を上がり口に敷いたマットの上にひっくり返した。

何本もの刃物と血塗れのタオルが、、、、、、、、、、、、、玄関《げんかん》に転がった。

遊びの証拠《しょうこ》が出るものだと思い込んでいたお父さんとあの女、二人の目が、それを見た。瞬間《しゅんかん》、興奮状態になっていた空気がそれと分かるほどに、すうっ、と冷めた。翔花《しょうか》も観念して暴れるのをやめる。玄関の中の空気がその数秒の間、完全に止まった。凍《こお》りついた。

そして――――

「きゃあああああああああああああああ!!」

直後、あの女のけたたましい叫び声が、家の中に響き渡った。

お父さんも動揺して翔花を放す。玄関マットの上にばら撒《ま》かれたものと翔花を中心に、二人の大人《おとな》が、思い切り後ずさった。

「な……何だ、何だこれは!?」

驚愕《きょうがく》と恐怖に目を見開いて、叫ぶ父。

翔花はゆっくりと身を起こす。そして目の前の玄関の段差に垂れ下がっている、猫からの返り血を防ぐのに使った、最も血だらけのタオルに手を伸ばして、何重にも血が乾いてごわごわになった手触《てざわ》りのタオルをどこか愛《いと》おしげに手に取った。

「……ねえ」

そして廊下《ろうか》に腰《こし》を抜かして座り込んでいるあの女に、翔花は目を向けた。

「つまんない演技はやめてよ。あんたがこれで驚くわけないでしょ？」

吐《は》き捨てるように翔花は言った。騒《さわ》ぎのせいか、妙《みょう》に冷静になっていた。

「私がこうするしかないことは、分かってたんでしょ？　それとも私にはこんなことする度胸は、ないって思ってたの？」

「…………な……」

あの女は怯《おび》えた表情で、翔花を見上げる。

「……な、何よ……何のことよ……！」

「やめてよ白々《しらじら》しい」

どこまでもしらを切り通すつもりらしいあの女に、翔花《しょうか》はうんざりと応じる。

お父さんは何が起こっているのか全く分からないといった様子の引きつった表情で、翔花とあの女のやりとりを見ている。

そんな、最後まで事態を理解していないお父さんの前で、翔花は言い放った。

「お母さんの指輪を私から盗んで、猫に食べさせたんでしょう？　だったら私が指輪を取り返すために猫を殺すのは、当然のことでしょ？」

「…………………!!」

お父さんが息を呑《の》む気配がした。そして、あの女もだ。

血塗《ちまみ》れのタオルを手にした翔花だけが毅然《きぜん》と立つ玄関《げんかん》に、沈黙が降りた。

何かが醒《さ》めたように冷静な、しかし心の奥底が興奮状態になっている翔花の、深く荒い呼吸の音が、沈黙の中に響いた。

やがてお父さんが口を開き、呆然《ぼうぜん》と呟《つぶや》くようにあの女に、言った。

「盗《ぬす》んだ……？　本当か？」

「…………」

問い。

沈黙。

やがてあの女は口を開くと、翔花を指差して、叫んだ。

「う、嘘《うそ》よ！　あなたこの子の……」

「本当かと聞いてるんだっ!!」

あの女が言いかけた言葉はその瞬間《しゅんかん》、お父さんの凄《すさ》まじい怒号に、叩《たた》き潰《つぶ》された。

ひっ、と黙る、あの女。そしてあれだけの嘘《うそ》と策略《さくりゃく》に身を固めていたあの女は、この騒《さわ》ぎとお父さんの怒鳴り声で心が折れたのか、小さな声で告白した。

「……………本当よ」

「……なんでそんなことをした」

「この子が……私に、懐《なつ》かないから」

「……」

お父さんは立ち上がる。そして信じられないといった表情で、あの女を見た。

「猫《ねこ》に食べさせたというのも……そうなのか？」

「そ……それは……」

「本当かどうかだけ答えなさい!!」

「…………やったこと……あります」

その答えに、翔花《しょうか》は初めてこの女に対して、胸がすくような気持ちになった。

が、その後で発されたあの女の言葉を聞いて、翔花は目を剥《む》くことになった。あの女は苦い表情になったお父さんに、必死に言い訳して、こう言ったのだ。

「で、でも未遂《みすい》なのよ!? 本当にはやってないの!」

と。

「前にやろうとして失敗しただけ! また盗《と》ったけど………売ったのよ!」

「………………っ!?」

目の前が真っ白になるような衝撃《しょうげき》を受けた。ショックと、悲しみと後悔と、そしてそれを遥《はる》かに上回る怒りが、翔花の頭の中で爆発《ばくはつ》した。


「おまえ……おまえ私と〝お母さん〟に、そんなつ、、、、まらないことしたのか、、、、、、、っ!!」


直後、翔花は肩《かた》を怒らせて、絶叫した。

「私はおまえから〝お母さん〟を守るために、必死になっておまえの悪意に追いつこうとしたんだよ!? 自分の心臓を抉《えぐ》りたくなるほどの最悪を考えに考えて、ご飯も食べられないほど悪意を練って、泣きながら猫《ねこ》を殺したんだよ!?　なのに……おまえは、そんなつまらないことをしたのかっ!!　そんなレベルの低い悪意を私たちに向けたのかっ!!」

涙《なみだ》を流して叫んだ。魂《たましい》を吐《は》くような叫びだった。

今まで自分がやってきたおぞましい行為が、全《すべ》て無駄《むだ》になったのだ。

生前は祖父《そふ》の凄《すさ》まじい悪意を向けられ、死後もあの女の悪意を向けられたお母さんを守るため、翔花は無理矢理にでも悪意を研《と》ぎ澄ますしかないと悟《さと》った。そして形見《かたみ》の指輪を取り返すために初めてそれを実行に移し、魂を削《けず》って努力した、それをあの女はあの一言で、全てを無意味なものにしたのだ。

後に残ったのは、猫を殺して切り裂《さ》いた、翔花の罪ばかり。

まるでありもしない金《きん》を手に入れるために、めんどりを殺して切り裂いた、あの物語の、愚《おろ》かな男のように。

「私は……！」

ぶるぶると震《ふる》えながら、あの女を翔花は睨《にら》みつけた。

あの女は今まで見たこともない怯《おび》えた表情で廊下《ろうか》を後ずさり、翔花は自分の仇敵《きゅうてき》の情けない様子に、失望を通り越した、絶望的な怒りを感じた。

「お前は…………っ！」

怒りに震える、翔花。

その時、そんな翔花《しょうか》の肩《かた》に、ぐっ、と不意に、温かい手が置かれた。

「！」

お父さんだった。

お父さんは愕然《がくぜん》としていた表情から、ようやく立ち直ったようだった。

そして翔花の肩に手を置くと、鎮痛《ちんつう》で真剣な表情をして、深い溜息《ためいき》とともに、翔花へと深く謝った。

「すまなかった………翔花。まさかこんなことになってるとは思わなかった」

そして重い声で、お父さんは語りかける。

「本当にすまん。父さんは再婚《さいこん》で家族になる母さんに気を使いすぎて、お前の言うことを信じなかった。それだけじゃなくてお前の母さんのことも蔑《ないがし》ろにしてしまった」

「………もう遅いよ……」

涙声《なみだごえ》で、翔花は答える。

だが、嬉《うれ》しかった。やっと報われた。

お父さんを取り戻した。可哀想《かわいそう》なお母さんに、もう一度目を向けてくれたのだ。

泣きそうになった。お母さんを殺そうとしたあの女から、何もかもを取り戻せる。

もう何も思い残すことはない。今まで犯してきた罪に、どんな罰《ばつ》を受けても悔いはない。それだけの甲斐《かい》はあった。

「お父さん……」

「ああ、父さんは馬鹿だった。おまえは本当にお母さんを守ってただけなんだな」

「そうだよ。ずっと言ってたのに、私……」

「ずっと暮らしてきた娘《むすめ》を信じないで、つらい思いをさせてしまった。お前の母さんに怒られてしまう。今度お墓に謝りに行く。お前も行こう」

お父さんは翔花の頭に手を乗せる。頭を撫《な》でられたのは久しぶりだった。

「うん……お父さん、ごめんね」

目に、新しい涙が溢《あふ》れた。

この家の中でこんなに弱々しく泣いたのは、あの女が来て以来、初めてのことだった。

閉じ込めていた感情が溢れた。お父さんはそんな翔花に優しい目を向けて、そして次に表情を厳しくして、廊下《ろうか》にへたり込んでいるあの女を見下ろした。

「さて……君はやってはいけないことをした。それはわかってるね」

厳しい声だった。

「まずは翔花に謝ってくれ」

「……」

あの女は唇《くちびる》を噛《か》み、悔《くや》しそうに視線を横に向ける。しかしお父さんの態度が断固として変わらないのを悟《さと》ると、小さな声で、ふてくされたように謝った。

「…………ごめんなさい」

それは翔花《しょうか》が望んでいた、翔花をお母さんを追い詰める恐るべき悪の敗北とは違うものだった。しかしそれでも翔花はいいと思った。翔花とお母さんの元にお父さんを取り戻し、あの女がいなくなる。それだけでよかった。

「さあ、もういいだろう」

お父さんは、言った。

「立ちなさい。奥に行って、話をしよう」

そして今度は翔花を向いて、言う。

「翔花も許してやってくれ。母さんも再婚《さいこん》で、大きな娘《むすめ》もいて、妊娠《にんしん》したりもして、きっと不安だったんだろう」

「…………えっ？」

翔花の心が、すっと冷えた。

「指輪のことも、納得できないだろうが許してやれ。お母さんには、二人で謝ろう」

何を言われたか、分からなかった。

「さあ、仲直りだ。それから、これからのことについて話し合おう」

そんな翔花をよそに、立ち上がったあの女の肩《かた》を、お父さんはぽんぽんと労《いたわ》って叩《たた》く。

「おまえも、いいね？　これからは仲良くするんだ。私らは家族なんだ」

「……ええ、ごめんなさい。不安だったの……」

お父さんの前でしおらしく、反省して見せるあの女。

翔花の頭の中は真っ白になる。涙《なみだ》が止まり、表情が失《う》せて目を見開いた。

呆然《ぼうぜん》とした。結局お父さんは――――やはり何も分かっていなかったのだ。

「今までのことは忘れよう」

お父さんは、笑顔で言った。

「新しいスタートだ。わかったね。母さん」

「ええ」

あの女が頷《うなず》く。一瞬《いっしゅん》翔花に意味ありげな視線を向けて。

「翔花も心配しなくていい。これは処分しておく。気の迷いだったんだ」

お父さんは翔花の手から、血染めのタオルを抜き取った。

そして、

「さ、握手だ」

「……」

何もかもが元の鞘《さや》に納まったと、そう一人勘違《かんちが》いしてあの女と翔花の手を握り合わせようと
掴《つか》んだ〝この男〟に――――翔花は唯一ポケットに残っていた道具である工作用カッター
を抜き出して、その脇腹《わきばら》に思い切り突き刺《さ》した。

8

風乃《かぜの》は夜空に、消防車のサイレンを遠く聞いた。

「……」

つ、と風乃は空を見上げる。荒涼《こうりょう》とした祖父《そふ》の庭から見上げる空は灰色に明るく、半分に割られた卵のように欠けた月が、白く冴《さ》え冴《ざ》えと、浮かんでいた。

サイレンの音は、不吉を呼ぶ怪物の唸《うな》り声のように、遠く響いて夜空にたなびく。塀《へい》と家に塞《ふさ》がれて見えない地平線に、赤い光が見えると錯覚《さっかく》しそうなほど、サイレンは不吉なイメージを載せて、街へと空へと拡散してゆく。

空に浮かぶ割れた卵への、弔声《ちょうせい》のように。

風乃はそんな夜に包まれながら、割られた卵から生まれた、雛《ひな》のことを思う。

先ほど別れた翔花《しょうか》という名の、悲劇の雛。彼女がこれからどうなってゆくのか、風乃は遠くサイレンに乗せて思いを馳《は》せる。

彼女は、ちゃんと別の道を見つけられるだろうか？

それとも何も見つけられずに、戻って来るだろうか？

見つけられず斃《たお》れるくらいならば、戻ってくればいいと思う。しかしそんな風乃の示す愛情が正しいものかは、風乃にも分からない。

愛とは一面において、自分の信じたい世界の触媒《しょくばい》に過ぎない。

地獄《じごく》に落ちないようにと孫《まご》を殴打《おうだ》した祖父の愛は、それをしなければ自分の信じる宗教の世界が壊《こわ》れるからだ。

雪乃《ゆきの》が周りの人間に献身《けんしん》し風乃を庇《かば》うのは、愛情をもって育てられ教えられた彼女の信じる優しい世界が、そうしなければ壊れるからだ。

風乃もきっと自分の世界のために、翔花へと手を差し伸べたに過ぎない。

そんな死んだ卵の殻《から》の中からは、雛は飛び立った方がいいに決まっている。

「…………」

風乃は無表情にお気に入りの庭石に座ると、背を丸め、豪奢《ごうしゃ》なスカートの布地ごと自分の膝《ひざ》を胸に抱《かか》えた。

そして雑草に覆《おお》われた、狭く荒涼とした夜に目を落とした。

頭上には広大で優しい夜が広がっているが、風乃は孵《かえ》らない死んだ卵なので、芦原《あしはら》の巣から飛び立つ小鳥のようには、あの空には向かえないのだ。

……その時だった。

ぎ、

と勝手口の門を開ける音が、微《かす》かに耳に入った。

風乃《かぜの》は振り返る。風乃は昔から、五感六感が鋭かった。

立ち上がり見ていると、雑草を踏む、僅《わず》かに脚《あし》を引きずっているような足音をさせて、家の陰から人影が姿を現した。

「……」

翔花《しょうか》だった。

翔花は家の壁に片手をついて、捻《ひね》ったと思しき片足を庇《かば》いながら、目を合わせたくないかのように俯《うつむ》いて風乃の方へとやって来た。

風乃は僅《わず》かに驚く。しかし表情は変わらない。

見ると手は血で汚れていた。そして着ている上着のあちこちにも点々と、小さく血の痕《あと》がついていた。

翔花は壁から手を離すと、ゆっくりと風乃の前まで、歩いてきた。

そして無言の風乃に、俯《うつむ》いたままぽつりと、消え入りそうな声で言った。

「…………お姉さん……ごめんなさい」

ぽつり、と。

「私……やっぱり怪物だった。お母さんの娘《むすめ》にも、なりきれなかった……」

今にも泣きそうな声と、俯いた顔に垣間見《かいまみ》える口元。しかしあれだけ泣き虫だった翔花は、この時は全く、涙《なみだ》を流さなかった。

「……何かあったの？」

風乃の問いに、翔花はポケットからカッターナイフを取り出した。

少女の手には大きく、無骨《ぶこつ》な工作用カッターは、収められた刃《やいば》はほとんど根元から折れ、金属の隙間《すきま》には血が入り込んでこびりついていた。

「猫《ねこ》？」

「ううん……お父さんと、あの女」

「……………そう」

「お父さんとあの女を刺《さ》して……家にガソリンを撒《ま》いて、火をつけました」

重く衝撃《しょうげき》的な告白だったが、風乃も翔花も、淡々としていた。

「お父さんは、何も分かってなかった」

翔花は言った。

「私、そんなことはないってずっと考えないようにしてたのに、分かっちゃったんです。お父さんはやっぱりあの話の、〝めんどりの持ち主〟でした。生まれた卵を、別の人間に売り飛ばすことを何とも思ってなかった。当たり前のことだと思ってた。親鳥や卵の気持ちなんか、全然わかってなかった。

それに気づいた時――――私、卵でも雛《ひな》でもなくなりました。鳥でいる限り、売られて殺されるだけで〝あの男〟に仕返しなんてできないから。私は――――卵から生まれた、怪物になりました。だからお母さんとの絆《きずな》が、とうとうなくなっちゃいました」

淡々と、淡々と、泣きそうな声で、翔花は言う。

そして、

「お姉さん……ありがとうございました。それから、ごめんなさい」

翔花《しょうか》はそう言って、ようやく顔を上げた。

消防車のサイレンの音の中、月明かりに白く照らされた翔花の顔は、つい数時間前に別れた少女の顔とは全く別の、この世の最果てを見て絶望した咎人《とがびと》の貌《かお》だった。

風乃《かぜの》は小さく、溜息《ためいき》をつく。

全《すべ》てを察した。止められなかった。

「……雪乃《ゆきの》が……悲しむわね」

「ごめんなさい」

翔花は再び、俯《うつむ》いた。

「でも悲しんでくれるなら嬉《うれ》しいなって……酷《ひど》い考えだけど、思ってます」

「悲しむわ。それは請《う》け負ってもいい。それが雪乃という子を取り巻いて、縛《しば》ってる、世界だもの。あなたが自分の世界ゆえにそうならざるを得なかったように」

「……そうですか」

俯いたまま、翔花は小さく寂しそうに、微笑《ほほえ》んだ。

「じゃあ……私、そろそろ、行きますね」

「……そう」

「ありがとうございました。さようなら。お姉さん」

「さようなら。雪乃の友達」


………………


翌日、中学生の女の子が父親と再婚《さいこん》相手の女性にカッターナイフで切りつけ、家に火をつけて同じ市内のマンションの階段から飛び降り自殺をしたというニュースが流れた。

父親は重傷だが命に別状なし。女性も軽い怪我《けが》で済み、家も一部を焼いただけで消し止められた。

雛にも怪物にもなれなかった少女の反抗は、ただ雪乃の悲嘆《ひたん》を残しただけだった。

翔花の父と再婚相手がその後どうなったかは、燃えた家からは引っ越してしまい、近所の噂《うわさ》を聞く趣味も人脈もない風乃には知ることはできなかった。

後日、深夜に、風乃《かぜの》は彼女の家を訪ねた。

祖父《そふ》の家のように今は無人になっている翔花《しょうか》の家は、外壁の一部が黒く焼け焦《こ》げ、彼女の反抗の名残《なごり》の、爪痕《つめあと》として残していた。

風乃はその思いを、受け取る。

そして思う。これでは足りなかったのだと。もっと強く大きな痛みでなければ、こんな家の中にある家族という世界すら焼き尽くすことはできないのだと。

「…………」

風乃は自分の右手の、包帯《ほうたい》を見つめる。

自分を探して切り開き、痛みという自分を得て安心している自分。

そしていつか、それだけの痛みでは自分を感じて安心できなくなるのではないかと、密《ひそ》かに予感し恐れていた。その時は何を、どんな大きさのものを切り開けば、安心できる痛みを得られるのだろう？

風乃はその答えを、知っている。

目の前にそれを実演して見せた、悲しい雛《ひな》の、名残がある。

気づかない方がよかったかも知れない。

死んだ卵が――――もうすぐ、孵《かえ》る。

†

ヘルメスを熱心に崇拝《すうはい》する男に、神は褒美《ほうび》として金《きん》の卵を産《う》む鵞鳥《がちょう》を授けた。

ところが男は利益が少しずつ現れるのが待ちきれず、中身が丸ごと金だと思い込んで鵞鳥を殺してしまった。

中身は肉ばかりだった。男は期待を裏切られたばかりか、卵までも失ってしまった。

――アイソーポス（イソップ）寓話

＊

蒼衣《あおい》たちが、巡回《じゅんかい》から『神狩屋《かがりや》』に戻った頃。

レジカウンターの奥に覗《のぞ》く、住居へと続く扉から、神狩屋が顔を出した。

「やあ、ご苦労様」

応《こた》える蒼衣に、不機嫌《ふきげん》そうに黙殺する雪乃《ゆきの》。

対する神狩屋はその腕《うで》に、大きな人形と見紛《みまご》うような、ビスクドールじみたひらひらの服を着た、幼い少女を抱《だ》きかかえていた。

夏木夢見子《なつきゆみこ》。

過去の〈泡禍《ほうか》〉で全《すべ》てを失い、心が壊《こわ》れた少女。

そして童話の形を取るほど大きな〈泡禍〉を予言する、〈グランギニョルの索引《さくいん》ひき〉。

彼女はほぼ全ての情動が死に、住居の奥にある書庫からほとんど出て来ることはなく、店にまで出てくることはまずない。珍しい光景だった。

「そろそろかと思って連れてきた。今日は機嫌《きげん》が良さそうだ」

神狩屋は言った。

「そ、そうですか……？」

「うん。一緒にお茶にしようか」

彼女の世話をしているのは神狩屋。あまり表情のない夢見子だが、神狩屋にかかれば蒼衣たちが見るよりも違って見えるらしい。

神狩屋は蒼衣たちのいる丸テーブルまで夢見子を抱《かか》えて来ると、人形を座らせるように椅子《いす》に座らせた。そして人形にそうするように、見栄《みば》えがするよう洋服の形を整えた。服を見繕《みつくろ》うのも、髪《かみ》を梳《す》いて結うのも、神狩屋の仕事だ。

蒼衣はそれを聞いた時には驚いた。なにしろいつも寝癖頭《ねぐせあたま》でよれよれの服を着ている神狩屋が、そういうことができるとは思いもしなかったのだ。

それくらい、夢見子の身繕いは堂に入《い》っている。

当時、思わず「何で自分をやらないんですか？」と訊《たず》ねたが、苦笑いされた。

「……実はね、僕が知ってるのは人形を整えるノウハウだけなんだよ。自分のことはさっぱり分からないんだ。面倒だし」

「…………」

ともあれ、夢見子《ゆみこ》が久しぶりに、この場のお茶の席についた。

颯姫《さつき》が目の前のテーブルにカップを置き紅茶を注いだが、夢見子はいつものように表情の死んだ目をして、大きな『不思議の国のアリス』に出てくるウサギのぬいぐるみと厚い装丁《そうてい》の童話集を腕《うで》いっぱいに抱《だ》き締めていた。

神狩屋《かがりや》がお茶請《う》けのクッキーを差し出すと、夢見子は赤ん坊にも似たつたない手つきでそれを受け取る。そして小さな口でクッキーを齧《かじ》ると、ぽろぽろと服に破片がこぼれた。

と、

ばさっ、

緩《ゆる》んだ夢見子の腕《うで》から、音を立てて童話集が滑《すべ》り落ちた。

夢見子の手が止まる、そして床《ゆか》に落ちた本を、じーっと見つめる。

蒼衣《あおい》は立ち上がり、それを拾い上げ、夢見子の腕に抱《かか》えさせた。夢見子はなすがまま、無感動な瞳《ひとみ》でじーっと蒼衣を眺《なが》めていたが、抱えさせて手を離そうとした時、きゅ、と一度蒼衣の指を体温の高い手で摑《つか》んだ。

「……」

微笑《ほほえ》んで頭を撫《な》で、指を離す蒼衣。

そして元の席に戻ると、夢見子の持っていた童話集について、ふと神狩屋に訊《たず》ねた。

「あの、夢見子ちゃんが持ってる『イソップ童話』ですけど」

蒼衣の言葉に、神狩屋が応じた。

「うん？　何だい？」

「これまで『予言』に出てきたこと、ありませんよね？　もし必要なら、読んでおこうかと思ったんですけど……」

「ははあ、そう言われるとそうだね」

神狩屋は腕《うで》組《ぐ》みし、頷《うなず》いた。

「難しいところだけど、『元型《アーキタイプ》』となりうる可能性がない、とは言い切れないね。何しろアンデルセンが予言されたくらいだ。イソップの話はね、アンデルセンはもとより、グリムよりもずっと古い成立をしてるんだ」

「そうなんですか？」

少し驚いた。何しろイソップといえば蒼衣にとって童話の種類の一つに過ぎないので、イメージ的にはグリムやアンデルセンと似たり寄ったりだった。年代的にもそんなものだと思い込んでいたのだ。

「うん、しかも桁違《けたちが》いに古いよ」

神狩屋は頷いて、言う。

「グリム童話の編纂《へんさん》が一八〇〇年代で、シャルル・ペローが一六〇〇年代だ。そこに収集されたメルヘンの成立が仮に数百年前だったとしても、イソップには遠く届かない。

イソップの作ったものとされる話の集成は、その成立が紀元前だと言われてる。イソップはギリシャ読みでアイソーポスといって、紀元前五世紀にヘロドトスが書いたヨーロッパ最古の歴史書に僅《わず》かに記述がある。それによるとアイソーポスは紀元前六〇〇年代の人間で、元は奴《ど》隷《れい》の身分だったらしい。それが後に解放されて、寓話《ぐうわ》作家としてヨーロッパからエジプトまでも旅をして生きてたということだ」

「グリムの二千年以上前ですか……」

「そう。そしてデルフォイの人々に殺されて生涯《しょうがい》を閉じた後も、アイソーポスの寓話作家としての名声は非常に高かったらしい。なので寓話作家の代名詞として、イソップ以前の民話や後に作られたイソップ風寓話も全部イソップ作とされて、積もり積もって『イソップ集成』と呼ばれる寓話の数は七百篇以上にのぼる」

「七百……グリム童話が二百でしたっけ？」

「そう考えると、一篇一篇の短さもあって、驚くには値しないかもしれないね。ただ紀元前から続く人間への洞察《どうさつ》の積み重ねだから、人間の意識の元型としての働きが全くないとは考えにくい。

ただ……〈神の悪夢〉の元型としての働きは、どうだろうね。まずネックになるのはイソップは本来『童話』じゃなくて、『寓話《ぐうわ》』、つまり動物などを使って人間に道理や道徳を教えたり皮肉ったりする物語であることだ。神話や民話のモチーフも一部含まれてるみたいだけど、ほとんどは人間観察から生まれた創作だ。これに人間固有の悪夢を希釈《きしやく》して歪《ゆが》めるほどの力があるかというと——僕は懐疑《かいぎ》的にならざるを得ない」

神狩屋《かがりや》は眉根《まゆね》を寄せて、考え込んで言う。

「……イソップは童話の〈泡禍《ほうか》〉ほど大きくならない？」

蒼衣も考え込みながら、訊《き》く。

「断言はできないけど、おそらくは」

頷《うなず》く神狩屋。

「ただし、〈泡禍〉が、寓話には似ないということではないと思う」

「あ、そっか、つまり……」

「そう、神の悪夢ではなくて——

人の悪夢としてなら、僕はあると思う」

神狩屋は、言った。

あとがき

クリック？

クラック！


まずはいつものように、この本を手に取ってくれた貴方《あなた》に御礼《おんれい》を。

しばらくです、甲田《こうだ》学人《がくと》です。

お手紙下さった皆様には、引き続きまして大きな感謝を申し上げます。

個々にはお返事できませんが、ちゃんと残らず目を通しています。きっと一生涯保管して置くと思います。ありがとうございます。

さて……


今回お送りしますのはいつもの本編ではなく、『断章のグリム断章・断章のアイソーポス』と題しまして、昨年『電撃文庫MAGAZINE』に役目を譲《ゆず》って終刊した『電撃hp』に掲載《けいさい》していた短編二編に、中編一つとその他を加えて一冊としたものです。

この『断章のグリム』世界で多くの〈ロッジ〉が日常的に立ち向かう――あるいは見過

ごしている――〝小さな〟ではなく、〝普通〟の泡禍《ほうか》についてのお話です。

個人的には『断章のグリム断章・断章のアイソーポス』というくどいタイトルを気に入っていたのですが、外伝扱いしてもシリーズ的にも内容的にも大して得がないということで、いつもの『断章のグリム』の名前を冠《かん》しています。

まだ半分以上グリムです。

まだ大丈夫。

まだ。

多分。

えーと……

それではまた、最後に担当《たんとう》編集の和田《わだ》さん、イラストの三日月《みかづき》さん、そしてこの本の製作に関わってくれた全《すべ》ての方々に感謝を送りつつ――

はつかねずみがやってきた。

はなしは、おしまい。

二〇〇八年二月　甲田学人

◉甲田学人著作リスト

「Ｍｉｓｓｉｎｇ　神隠しの物語」（電撃文庫）
「Ｍｉｓｓｉｎｇ２　呪いの物語」（同）

「Ｍｉｓｓｉｎｇ３　首くくりの物語」（同）
「Ｍｉｓｓｉｎｇ４　首くくりの物語・完結編」（同）
「Ｍｉｓｓｉｎｇ５　目隠しの物語」（同）
「Ｍｉｓｓｉｎｇ６　合わせ鏡の物語」（同）
「Ｍｉｓｓｉｎｇ７　合わせ鏡の物語・完結編」（同）
「Ｍｉｓｓｉｎｇ８　生贄の物語」（同）
「Ｍｉｓｓｉｎｇ９　座敷童の物語」（同）
「Ｍｉｓｓｉｎｇ10　続・座敷童の物語」（同）
「Ｍｉｓｓｉｎｇ11　座敷童の物語・完結編」（同）
「Ｍｉｓｓｉｎｇ12　神降ろしの物語」（同）
「Ｍｉｓｓｉｎｇ13　神降ろしの物語・完結編」（同）
「断章のグリムⅠ　灰かぶり」（同）
「断章のグリムⅡ　ヘンゼルとグレーテル」（同）
「断章のグリムⅢ　人魚姫・上」（同）
「断章のグリムⅣ　人魚姫・下」（同）
「断章のグリムⅤ　赤ずきん・上」（同）
「断章のグリムⅥ　赤ずきん・下」（同）
「夜魔」（単行本　メディアワークス刊）

本書に対するご意見、ご感想をお寄せください。

■

あて先

〒101-8305 東京都千代田区神田駿河台1-8 東京YWCA会館
アスキー・メディアワークス電撃文庫編集部
「甲田学人先生」係
「三日月かける先生」係

■

電撃文庫

断章《だんしょう》のグリムVII

金《きん》の卵《たまご》をうむめんどり

甲田学人《こうだがくと》

発行　二〇〇八年四月十日　初版発行

発行者　髙野　潔
発行所　株式会社アスキー・メディアワークス
〒一〇一-八三〇五 東京都千代田区神田駿河台一-八
東京YWCA会館
電話〇三-五二八一-五二〇七（編集）
発売元　株式会社角川グループパブリッシング
〒一〇二-八一七七 東京都千代田区富士見二-十三-三
電話〇三-三二三八-八六〇五（営業）
装丁者　荻窪裕司（META＋MANIERA）
印刷・製本　旭印刷株式会社

ISBN978-4-04-867016-6 C0193

電撃文庫創刊に際して

文庫は、我が国にとどまらず、世界の書籍の流れのなかで〝小さな巨人〟としての地位を築いてきた。古今東西の名著を、廉価で手に入りやすい形で提供してきたからこそ、人は文庫を自分の師として、また青春の想い出として、語りついできたのである。

その源を、文化的にはドイツのレクラム文庫に求めるにせよ、規模の上でイギリスのペンギンブックスに求めるにせよ、いま文庫は知識人の層の多様化に従って、ますますその意義を大きくしていると言ってよい。

文庫出版の意味するものは、激動の現代のみならず将来にわたって、大きくなることはあっても、小さくなることはないだろう。

「電撃文庫」は、そのように多様化した対象に応え、歴史に耐えうる作品を収録するのはもちろん、新しい世紀を迎えるにあたって、既成の枠をこえる新鮮で強烈なアイ・オープナーたりたい。

その特異さ故に、この存在は、かつて文庫がはじめて出版世界に登場したときと、同じ戸惑いを読書人に与えるかもしれない。

しかし、〈Changing Time, Changing Publishing〉時代は変わって、出版も変わる。時を重ねるなかで、精神の糧として、心の一隅を占めるものとして、次なる文化の担い手の若者たちに確かな評価を得られると信じて、ここに「電撃文庫」を出版する。

1993年6月10日
角川歴彦

断章のグリムⅠ 灰かぶり
甲田学人
イラスト／三日月かける
ISBN4-8402-3388-8

人間の恐怖や狂気と混ざり合った悪夢の泡。それは時に負の『元型《アーキタイプ》』の塊である『童話』の形をとり始め、新たな物語を紡ぎ出す——。鬼才が贈る幻想新奇譚《メルヘン》、登場！

こ-6-14 1246

断章のグリムⅡ ヘンゼルとグレーテル
甲田学人
イラスト／三日月かける
ISBN4-8402-3483-3

自動車の窓に浮かび上がる赤ん坊の手形。そして郵便受けに入れられた狂気の手紙。かくして悪夢は再び〈童話〉の形で浮かびあがる。狂気の幻想新奇譚《メルヘン》、第2弾！

こ-6-15 1284

断章のグリムⅢ 人魚姫・上
甲田学人
イラスト／三日月かける
ISBN4-8402-3635-6

泡禍解決の要請を受け、海辺の町を訪れた蒼衣たち。町中に漏れ出す泡禍の匂いと神狩屋の婚約者の七回忌という異様な状態の中、悪夢が静かに浮かび上がる——。

こ-6-16 1356

断章のグリムⅣ 人魚姫・下
甲田学人
イラスト／三日月かける
ISBN978-4-8402-3758-1

神狩屋の婚約者の七回忌前夜、人魚姫の物語を準えた惨劇が起きる。現場に残るのは大量の泡の気配と腐敗した磯の臭い。死の連鎖を誘う人魚姫の配役とは——!?

こ-6-17 1401

断章のグリムⅤ 赤ずきん・上
甲田学人
イラスト／三日月かける
ISBN978-4-8402-3909-7

田上颯姫の妹が住む街で起きた女子中学生の失踪事件。〈泡禍〉解決要請を受けた雪乃と蒼衣の二人を待ち受けていたのは、敵意剥き出しの非公認の騎士で——。

こ-6-18 1453

電撃文庫

断章のグリムVI 赤ずきん・下
甲田学人
イラスト／三日月かける
ISBN978－4－8402－4116－8
意識不明の重体に陥った雪乃。彼女の重荷を減らすため、蒼衣は単身、手がかりの見えぬ謎へと立ち向かう。だが、この街の狂気は想像を遥かに超えていて──!?
こ-6-19 1521

断章のグリムVII 金の卵をうむめんどり
甲田学人
イラスト／三日月かける
ISBN978－4－04－867016－6
死んだ母親の形見の指輪。それは翔花にとって唯一残った母との繋がりだった。彼女はいつも雪乃の家で泣いていた。そして、人形的な美しさを持つ風乃と出会い──。
こ-6-20 1574

Missing 神隠しの物語
甲田学人
イラスト／翠川しん
ISBN4－8402－1866－8
物語は『感染』する。これは現代の『神隠し』の物語。その少女に関わる者は、誰もが全て『異界』へ消え失せるという都市伝説。電撃初の幻想譚、登場──。
こ-6-1 0569

Missing2 呪いの物語
甲田学人
イラスト／翠川しん
ISBN4－8402－1946－X
木戸野亜紀のもとに届いた1枚のファックス。それは得体の知れない文字で埋め尽くされたとんでもない代物だった……。人気のホラーファンタジー第2弾！
こ-6-2 0594

Missing3 首くくりの物語
甲田学人
イラスト／翠川しん
ISBN4－8402－2010－7
図書館の本にまつわる三つの約束事。それを破ると恐るべき異変が起こる。そして稜子のもとに借りたはずのない一冊の本が届いたとき、〝それ〟は起こった……！
こ-6-3 0624

電撃文庫

Missing4 首くくりの物語・完結編

甲田学人
イラスト／翠川しん

ISBN4－8402－2061－1

異端の著作家・大迫栄一郎――“彼”と“首くくり”と“奈良梨取り”にまつわるすべての謎が解き明かされる時――！ 超人気現代ファンタジー、第4弾！

こ-6-4 0649

Missing5 目隠しの物語

甲田学人
イラスト／翠川しん

ISBN4－8402－2112－X

聖創学院でひとりの少女が自殺した。彼女は死ぬ前日“そうじさま”と交信していた。こっくりさんと同じやり方でやるその“遊び”は……！

こ-6-5 0678

Missing6 合わせ鏡の物語

甲田学人
イラスト／翠川しん

ISBN4－8402－2188－X

聖創学院大付属高校に訪れた文化祭の季節。美術部の展覧会場に設置された特別展は、一人の美術部員の“悪夢”を描いた連作だった……超人気シリーズ第6弾！

こ-6-6 0719

Missing7 合わせ鏡の物語・完結編

甲田学人
イラスト／翠川しん

ISBN4－8402－2263－0

異変の元凶と目されていた八純啓を襲った異常事態。それを契機に学園を次々と襲う不可解な事件――その先に……！ 超人気現代ファンタジー第7弾!!

こ-6-7 0747

Missing8 生贄の物語

甲田学人
イラスト／翠川しん

ISBN4－8402－2376－9

聖創学院付属高校の女子寮シャワー室から少女が一人消えた。ふたたび新たなる怪異の始まりなのか……。一方、空目はある決意を固めた。それは……！

こ-6-8 0788

電撃文庫

Missing 9 座敷童の物語
甲田学人
イラスト／翠川しん

ISBN4－8402－2485－4

聖創学院付属高校に流行り始めた奇妙な〝オマジナイ〟……その背後には恐るべき秘密が隠されていた――。超人気現代ファンタジー第9弾、登場！

こ-6-9　0847

Missing 10 続・座敷童の物語
甲田学人
イラスト／翠川しん

ISBN4－8402－2571－0

聖創学院に蔓延する『自分の欠けたものを補ってくれる儀式』。そのオマジナイの影響が木戸野亜紀を蝕み始め……！　超人気現代ファンタジー10弾!!

こ-6-10　0883

Missing 11 座敷童の物語・完結編
甲田学人
イラスト／翠川しん

ISBN4－8402－2703－9

自分の欠けているものを補ってくれるオマジナイ――どうじさま。そのオマジナイに隠された真の目的とは……！　シリーズ全体の核心に迫る11巻登場！

こ-6-11　0953

Missing 12 神降ろしの物語
甲田学人
イラスト／翠川しん

ISBN4－8402－2996－1

聖創学院に急速に広がる〝携帯の噂〟は果たして何を意味するのか？　超人気現代ファンタジーも、いよいよクライマックス直前！

こ-6-12　1064

Missing 13 神降ろしの物語・完結編
甲田学人

ISBN4－8402－3038－2

〝携帯電話の噂〟を媒体にして、次々に異界に感染していく聖創学院と生徒たち。そして、神降ろしの儀式が始まる――。超人気現代ファンタジー完結編！

こ-6-13　1089

とらドラ！

竹宮ゆゆこ
イラスト／ヤス

ISBN4−8402−3353−5

目つきは悪いが普通の子、高須竜児。〝手乗りタイガー〟と恐れられる女の子、逢坂大河。二人は出会い竜虎相食《あいは》む恋と戦いが幕を開ける！　超弩級ラブコメ登場！

た-20-3　1239

とらドラ2！

竹宮ゆゆこ
イラスト／ヤス

ISBN4−8402−3438−8

川嶋亜美。転校生。ファッションモデル。顔よしスタイルよし外面、よし。だけどその本性は——？　またひとり手ごわい女の子の参戦です。超弩級ラブコメ第2弾！

た-20-4　1268

とらドラ3！

竹宮ゆゆこ
イラスト／ヤス

ISBN4−8402−3551−1

竜児と亜美がまさに抱き合わんとしている（ように見える）場面を目撃した大河。一触即発の事態からなぜか舞台はプール勝負へ!?　超弩級ラブコメ第3弾！

た-20-5　1315

とらドラ4！

竹宮ゆゆこ
イラスト／ヤス

ISBN978−4−8402−3681−2

夏休み、亜美の別荘へと遊びにいくことになった大河たち。いつもとは違う開放的な気分の中、竜児と急接近を果たすのは——？　超弩級ラブコメ第4弾！

た-20-6　1370

とらドラ5！

竹宮ゆゆこ
イラスト／ヤス

ISBN978−4−8402−3932−5

文化祭の季節。クラスの演しものとかミスコンとかゆりちゃんの暗躍などなど楽しみなイベント満載の中、大河の父親が現れて……!?　超弩級ラブコメ第5弾！

た-20-8　1467

電撃文庫

とらドラ6！
竹宮ゆゆこ
イラスト／ヤス

ISBN978－4－8402－4117－5

文化祭後の校内に大河と北村が付き合っているという噂が流れる。しかし、迫る生徒会長選挙でも本命と目されている北村は突然……グレた。超弩級ラブコメ第6弾！

た-20-9　1522

とらドラ7！
竹宮ゆゆこ
イラスト／ヤス

ISBN978－4－04－867019－7

クリスマス、生徒会主催のパーティが行われることに。妙によい子な大河、憂鬱げな実乃梨、謎めいた亜美。三人の女子から目が離せない超弩級ラブコメ第7弾！

た-20-10　1571

とらドラ・スピンオフ！　幸福の桜色トルネード
竹宮ゆゆこ
イラスト／ヤス

ISBN978－4－8402－3838－0

不幸体質の富家幸太と、かわいくて明るくて、自分の色香に無自覚で無防備な狩野さくら。二人の恋の行方を描く超弩級ラブコメ番外編！

た-20-7　1422

トラジマ！　ルイと栄太の事情
阿智太郎
イラスト／立羽

ISBN978－4－8402－3942－4

「うち、自分の気持ちには正直でいたいから」。彼女いない歴16年、高校二年生の丸見栄太についにきた、女の子からの告白。それは「パンツ見せてくれへん！」

あ-7-40　1475

トラジマ！②　ルイと栄太の災難
阿智太郎
イラスト／立羽

ISBN978－4－04－867010－4

彼女いない歴16年、高校二年の丸見栄太についにできた、女の子のお友達。二人だけの秘密を共有する、そんな彼女との関係は……!?　人気シリーズ第2弾!!

あ-7-41　1579

電撃文庫

れでぃ×ばと!
上月 司
イラスト／むにゅう
ISBN4－8402－3559－7

見た目は極悪不良な高校生、日野秋晴。そんな彼が編入したのは、執事さんやメイドさんを本気で育てる専科だったりして……!?　上月司が贈るラブコメ登場っ☆

こ-8-7　1323

れでぃ×ばと!②
上月 司
イラスト／むにゅう
ISBN978－4－8402－3687－4

見た目小学生な先輩が胸に秘める悩みとは……?　執事を目指す、見た目極悪（でも実はビビリ）な日野秋晴のお嬢様&メイドさんまみれな日々をお楽しみあれ♡

こ-8-8　1376

れでぃ×ばと!③
上月 司
イラスト／むにゅう
ISBN978－4－8402－3841－0

夏休み。しかし休みとて従育科は試験があるわけで、秋晴は試験でセルニア宅にお泊まりする事になったわけで!?　執事候補生×お嬢様ラブコメ第三弾ですっ♪

こ-8-9　1425

れでぃ×ばと!④
上月 司
イラスト／むにゅう
ISBN978－4－8402－3941－7

「ねぇ秋晴、デートしましょう?」――腹黒幼馴染み・朋美の爆弾発言が、さらなる波乱を呼び起こす!?　恋の逆鞘当て合戦がそりゃもう大加熱の第四巻登場っ!!

こ-8-10　1474

れでぃ×ばと!⑤
上月 司
イラスト／むにゅう
ISBN978－4－4121－2

秋も深まる二学期到来。秋といえば体育祭!　というわけで、朋美とセルニアは「秋晴と一緒に遊園地へ行く権」をめぐって体育祭で直接対決!?　第五弾ですっ。

こ-8-11　1526

電撃文庫

れでぃ×ばと！⑥

上月 司
イラスト／むにゅう

ISBN978－4－04－867017－3

とうとう朋美vsセルニアの直接対決に決着が……！　遊園地に遊びに行く権利を得るのは一体誰なのかッ!?　風雲急を告げまくる第6巻の登場ですっ。

こ-8-12　1577

鳥籠荘の今日も眠たい住人たち①

壁井ユカコ
イラスト／テクノサマタ

ISBN4－8402－3605－4

今、見ているものが本当に現実だと言い切れるかい？　一度〈鳥籠荘〉の変わった住人たちに会ってみるといいよ。――壁井ユカコが描く新シリーズ第1弾。

か-10-11　1343

鳥籠荘の今日も眠たい住人たち②

壁井ユカコ
イラスト／テクノサマタ

ISBN978－4－8402－3727－7

〈鳥籠荘〉の住人に、もう会ったかい？　キズナ（絵のモデル）、有生（引篭り画家）、由起（女装趣味）他、変人多数のフシギなホテルで、あなたをお待ちしています。

か-10-12　1394

鳥籠荘の今日も眠たい住人たち③

壁井ユカコ
イラスト／テクノサマタ

ISBN978－4－8402－3935－6

奇妙な嵐の一夜。管理人さんの正体は？　着ぐるみパパの中身は？　さらに殺人事件が発生！　変人の住処〈鳥籠荘〉に、大騒動勃発――!?　キズナの恋は……？

か-10-13　1470

鳥籠荘の今日も眠たい住人たち④

壁井ユカコ
イラスト／テクノサマタ

ISBN978－4－04－867013－5

風変わりな人間ばかりが住んでいる〈鳥籠荘〉――今回は、浅井がキズナにモデルの解雇を通告、さらに鳥籠荘から住人立ち退きの噂が――など急展開の全5編を収録。

か-10-14　1576

電撃文庫

七姫物語
高野和
イラスト／尾谷おさむ
ISBN4－8402－2265－7

第9回電撃ゲーム小説大賞〈金賞〉受賞作。時代の流れに翻弄されながらも、自らの運命と真摯に向き合うひとりの少女の姿を描いた新感覚ストーリー。

た-15-1　0762

七姫物語　第二章　世界のかたち
高野和
イラスト／尾谷おさむ
ISBN4－8402－2574－5

大ほら吹きで野心家のテンとトエに、一国の姫として担がれた少女カラスミ。彼女が見つめるのは、移ろいゆく世界の姿……。新感覚ストーリー第2弾!!

た-15-2　0886

七姫物語　第三章　姫影交差
高野和
イラスト／尾谷おさむ
ISBN4－8402－3045－5

突然、一国の姫へと担がれた名もなき少女カラスミ。人々の思惑を背負いながらも、彼女はひたむきに自らの道を歩みつづける……。心に触れる、新感覚ストーリー。

た-15-3　1096

七姫物語　第四章　夏草話
高野和
イラスト／尾谷おさむ
ISBN4－8402－3561－9

その少女が見つめるのは、うつろいゆく世界のかたち。その少女が想うのは、時代に流されまいと生きる人々。囁くように紡がれる新感覚ストーリー第4弾。

た-15-4　1325

七姫物語　第五章　東和の模様
高野和
イラスト／尾谷おさむ
ISBN978－4－04－867018－0

一国の姫と担がれた名もなき少女カラスミ。ほかの姫たちとの出会い、国同士の争い、そしてともに歩む若き野心家たちを通して、彼女がいま想うものは……。

た-15-5　1578

θ《シータ》 11番ホームの妖精
籘真千歳
イラスト／くらぽん
ISBN978－4－04－867020－3

東京上空二二〇〇メートルにひっそりと浮かぶ東京駅11番ホーム。出会いと別れの交錯する場所。私たちはあなたのお帰りをいつまでもお待ちしています——

と-10-1　1584

世界平和は一家団欒のあとに
橋本和也
イラスト／さめだ小判
ISBN978－4－8402－3716－1

なぜか世界の危機を巡るトラブルに巻き込まれる星弓一家。長男の軋人は自らと世界と妹の危機に同時に直面するが——。第13回電撃小説大賞〈金賞〉受賞作！

は-9-1　1383

世界平和は一家団欒のあとに② 拝啓、悪の大首領さま
橋本和也
イラスト／さめだ小判
ISBN978－4－8402－3887－8

世界を危機から救う役割を負わされた星弓一家の長男軋人は、かつて倒した悪の組織の首領と再会するが——。第13回電撃小説大賞〈金賞〉受賞作、第2弾登場！

は-9-2　1447

世界平和は一家団欒のあとに③ 父、帰る
橋本和也
イラスト／さめだ小判
ISBN978－4－8402－3977－6

星弓一家の父、耕作が久しぶりに家に帰るという。時を同じくして、軋人は異世界からやってきた謎の女と出会うが——。キーワードは「もう一度勇者さま伝説」!?

は-9-3　1485

世界平和は一家団欒のあとに④ ディア・マイ・リトルリトル・シスター
橋本和也
イラスト／さめだ小判
ISBN978－4－04－867022－7

いつもクールな星弓家の長女、彩美がなぜか子供の姿に!?　その原因を探り、元に戻すべく軋人は調査を開始するが——。世界と家族の平和のお話、第4弾。

は-9-4　1572